키스중독증 3

키스중독증 3

작가의 말

안녕하세요. ☆은반지☆ 입니다.

제 이름으로 첫 책을 낸 지가 바로 엊그제 같은데, 벌써 두 번째 책이 나왔네요. 두 번째 역시 첫번째 책이 나올 때와 똑같은 설레임과 딱 그만큼의 떨림이 느껴집니다.

이런저런 일들이 많았지만 〈키스중독증〉이 '출판의 옷'을 입고 두 번째 책으로 나올 수 있었던 것은 온라인상으로나 오프라인상으로 제 글을 읽어주시고, 사랑해주시고 아껴주셨던 여러분들, 그리고 지금 이 순간, 이 책장을 펼쳐 들고 계시는 독자 여러분들 덕분이라고 생각해요. 정말 감사합니다.

〈테디보이〉보다 더 어린 시절에 썼던 소설 〈키스중독증〉을 읽으시는 여러분들이 어쩌면 유치하다고 생각하실지도 몰라요. 또 아직은 미숙하다고 생각하는 분들도 계실 거예요. 하지만 그런 평가마저도 저에겐 정말 소중한 밑거름이 된다고 생각합니다. 그리고 여러분들의 조언과 충고, 비평에 힘입어 조금씩이나마 발전해 나가는 저의 모습을 지켜봐 주신다면 지금보다 더욱더 노력하는, 겸손한 ☆은반지☆가 되겠습니다.

처음 〈테디보이〉를 내고 나서 제 이름과 함께 나머지 소설들도 여러분들에게 많이 알려지게 되었습니다. 덕분에 인터넷으로 〈테디보이〉와 〈키스중독증〉을 비롯하여 나머지 제 소설들까지 읽어주시는 분들이 많이 늘어났고, 〈반지귀신〉 회원들도 참 많이 늘어났답니다. 정말 고마운 일입니다. 그리고 이번 〈키스중독증〉의 출간이 저를 사랑해주시는 여러분들이 조금 더 제 이야기에 푸욱~ 빠져주시는 계기가 되었으면 하네요.

소설 쓰랴, 공부하랴……. 그리고 저를 사랑해주시는 여러분들의 충고와 제 소설을 힘껏 비평해주시는 여러분들의 조언에 따라 여러 가지 시도를 해보느라 힘든 일도, 괴로운 일도 적지는 않았습니다. 하지만 지금 이 책을 두 손에 들고 계시는 독자 여러분들 덕분에 그 모든 걸 잊고 환하게 웃을 수 있답니다.

　언제나 저의 기둥이 되어주시는 반지귀신 여러분과 팬 여러분. 언제나 감사드립니다. 여러분에 대한 제 사랑을 어떻게 표현하면 좋을지….

　또한 저에게 소중한 경험과 발전의 발판을 마련해 주신 늘푸른 소나무 출판사의 여러분들께 진심으로 감사드립니다. 그리고 힘들 때마다 저에게 힘을 보태준 엄마·아빠, 정은이, 태곤이…. 제 가족들에게도 언제나 큰 고마움을 느끼고 있답니다.

　돌아보면 모든 일이 다 감사할 일뿐이에요.

　미숙하지만, 여러분 앞에 선보이는 저의 두 번째 소설 〈키스중독증〉이 여러분의 입가에 잔잔한 미소를 띄워드릴 수 있는 책이 되었으면 좋겠네요. 책을 펴는 순간 슬몃 웃음이 묻어나는….

　감사합니다, 여러분.

　언제나 좋은 하루 되세요.

2003년 6월, 푸르른 잎새에 맑은 햇살 부서지는 초여름의 어느 날
유정아

제1장
Endless Love~

#105

오빠…… −_− 여기가 어디야? – 수영

아기 심호흡법 배우는 데야. −_− – 소민

갈래. −_−^ – 수영

녀석은 제 팔을 휘어잡으며 말했습니다.

좋은 데야. −_−^ – 소민

질질질~ 질질질~. −_−;;

ㅠ_뉴……. – 수영

녀석에게 끌려온 곳은……. −_−;;

온갖 불뚝불뚝 −_−; 튀어나온 배들을 가지신 아줌마들의 천국 아
니신가. −_−;;

어머! +_+! 숫처녀 왔네~. 임신 처음인개벼~. 우리 모두 축하해
줘요! 짝짝짝짝!! – 임신5개월 아줌마 −_−;

하하하~ 저희 애기도 많이 컸어요~. −∨−*. – 소민

아이구~ 이 피부 봐~. 때깔도 좋네~. +_+!! – 아줌마1

이목구비도 뚜렷하고~. 아이고~ 아들이면 이 총각 아니 아빠 쪽
빼닮겠네~. +ㅁ+!! – 아줌마2

후훗…… 뭘요. −∨−* 으쓱으쓱. – 소민

−_−^ – 수영

저 아줌마들 시방 뭐하는겨? -_-^ 남의 남자를 왜 주물럭거리는
겨?! -_-+ (흥분하면 사투리 -_-;)

자~ 호흡법부터 배워봅시다! +ㅁ+!! 자~ 여러분 따라해보세요~.
푸하~ 푸하~ 푸푸하~ 푸하~. - 직원1

푸하~ 푸하~ 푸푸하~ 푸하~. - O -- 수영 빼고 모두 -_-
-_-;;; - 수영

푸하~ 푸……. 야! 너 안 하고 뭐해!? -_-^ - 소민

왜 소민녀석이 호흡법을 하는지 모르겠슴다. =ㅁ=;; 지가 내 대
신 애새끼 낳아줄 건가 봅니다. -_-;

야! 빨리 해! -_-+ - 소민

푸하~ 푸하~ 푸푸하~ 푸하~. ;;; - 수영

와~ 저 두 분, 처음 오셨는데 잘하시네~. ^-^ 오늘은 이 호흡법
배우는 걸로 마치겠어요~. 좋은 시간 되세요~. - 직원

그 호흡법 선생이 나가는 순간…… 소민녀석에게 우르르 몰려드는
아줌씨들……. -_-^

아이구~ 총각! 호흡법 참 잘하데~. - 아줌마1

뭘요. -_-* - 소민

-_-^ - 수영

열 받은 저는 홱~ -_-^ 돌아서 소민녀석에게 소리쳤슴다.

나 먼저 갈 거야! -_-+ - 수영

야! 같이 가! - 소민

총각~ 또 와~ 호호호호홋~!! -v-* - 아줌마들

전 열을 받아서 쿵쾅거리며 걸어갔고 소민녀석은 허둥지둥 달려오

며 소리쳤습니다.

야! 애기한테 위험해! +ㅁ+;; – 소민

전 열받아서 소민녀석을 홱~ 꼬나봤습니다. –_–;

소민녀석은 멀뚱멀뚱 절 쳐다보고 있었습니다. –_–

오빠. –_–^ – 수영

왜? –O– 빨리 집에 가자. 애기한테 바깥 공기……. – 소민

오빠 나보다 아기가 중요한 거야!? – 수영

헛! –_–;;

저도 모르게 나온 말입니다. –_–; 진짭니다. =ㅁ=;;

소민녀석은 벙찌게 절 쳐다보다…….

뭐? –_–; – 소민

나보다 내 배때기 속에 있는 아기가 더 좋냐구!! –O–^ – 수영

전 저도 모르게 술술 말을 뱉어냈습니다. –_–

오빠 하는 거 보면 너 같은 건 필요없다. 아기가 우선이다. 넌 아기
만 낳으면 필요없다! 하는 것처럼 보인다구! – 수영

전 어느새 울먹거리며 찔찔 짜고 있었습니다.

그래……. 그동안 내가 왜 그렇게 녀석에게 신경질을 부렸는지 알
겠구나. 속이 답답했던 게 이렇게 쪼잔한 마음가짐 때문이었구
나…….

정말…… 추하다 유수영. 지 아기를 질투하고…….

미…… 미안! 나…… 나부터 갈게! – 수영

야! 유수영! 너 어디 가는 거야! – 소민

제가 폭포수처럼 쫄쫄 말을 뽑아내고 눈물을 짜고 있을 때까지 소

민녀석은 왠지 모르게 입가에 살짝 미소가 걸려 있었습니다.

내가…… 너무 우습게 보이는 건가?

전 괜히 얼굴이 빨개져서 녀석을 뒤로 한 채 마구 달렸습니다.

헉헉……. 쪼…… 쪽팔려 죽는 줄 알았네. _=33 수영

제가 숨을 고르고 있을 동안…… 느닷없이 나타난 누군가 제 손목을 탁! 잡았습니다.

녀…… 녀석인가? _;; 디…… 딥따 빠르네.

제가 고개를 계속해서 숙이고 있자 누군가 부드러운 음성으로 조용히 말을 건넸습니다.

수영아! 너 수영이 맞지? ㅇ_ㅇ. 지후

지…… 지후오빠? ㅇ_ㅇ;;; 수영

제 손목을 잡고 있는 건…… 부드럽게 흘러내리는 갈색 머리카락에 따뜻한 초콜릿 눈빛을 가지고 있는 지후오빠였습니다.

오오…… 여전히 눈부시구려. _;;

지후오빠는 춥다며 절 카페로 데리고 갔습니다.

푸웃~. 〉ㅁ〈 이…… 임신?! _;; 지후

응……. _…… 수영

놀랄 줄 알았어. _;;

전 습관이 됐는지 저도 모르게 물을 꿀꺽꿀꺽 마시고 있었습니다.

무섭다……. 녀석의 세뇌교육. _;;

아깝다……. 지후

뭐가? 0 수영

응……. _* 사실은 나도 결혼했거든. 니네 초대하려고 하니까

신혼여행 갔다고 하더라. - 지후

진짜? ○_○ 와~ 축하해!! ^^* - 수영

지후오빠는 뒷머리를 긁적이며 부인의 사진을 보여줬습니다.

와…… 정말 청순하게 생겼다. +_+……

정확히 1년 전에 만나서 결혼했어. ^^* - 지후

축하해요 오빠. ^^* - 수영

지후오빠와 전 카페에서 나왔습니다.

데려다 줄까? ^-^ - 지후

아니에요. 가까워요. 여기서 쭈욱~ 한 10분쯤……. - 수영

유수영……. - 소민

소민녀석이 뚜벅뚜벅 걸어오고 있었습니다.

뭐야?! 이 자식은? - 소민

소민녀석은 턱 끝으로 지후오빠를 가리키며 말했습니다. -_-;

아, 정말 싸가지 없게 보이는구나. -_-;;

응. 지후오빠라고……. 알지? ^-^ - 수영

제가 웃으면서 말하자 소민녀석은 인상을 찌푸렸습니다. 그리고 순간 기억이 난다는 듯 눈을 차갑게 식히며 지후오빠를 쳐다봤습니다.

그 오토바이……. - 소민

니 남편이니? ^-^ - 지후

응. ^-^ - 수영

남자새끼가 어디서 눈웃음을 치고 난리야!! - 소민

소민녀석은 지후오빠의 특기인 눈웃음이 맘에 안 든다는 듯 버럭!

소리를 질렀습니다. ㅡ_ㅡ;;

전 놀라서 애 떨어지는 ㅡ_ㅡ;; 줄 알았고, 지후오빠는 잔뜩 인상을
구긴 채 소민녀석을 쳐다봤습니다.

녀석은 제 손을 끌며……

다시는…… 내 여자 건들지 마. ㅡ 소민

참 나……. ㅡ_ㅡ^ ㅡ 지후

전 당황해서 소민녀석에게 외쳤습니다.

오빠! 지후오빠 유부남이야! ㅡ_ㅡ;; ㅡ 수영

너 유부남까지 꼬셔서 바람피우는 거냐!? ㅡ 소민

소민녀석의 눈빛이 싸늘해졌습니다. ㅡ_ㅡ;;

그게 아냐! 지후오빠랑 나는 의남매라니깐! ㅡ_ㅡ+ 오빠랑 나랑 친
동생 오빠 사이 하기로 했다구! ㅡ_ㅡ+ 오늘 오랜만에 만나서 오빠
결혼한 사실 안 거구! ㅡ 수영

소민녀석의 눈빛이 흐리멍덩해졌습니다. ㅡ_ㅡ;

그랬겠지. 그래. ㅡ0ㅡ; 너의 판단이 흐려지면 그 흐리멍덩한 눈빛
이 보이더라. ㅡ_ㅡ;;

소민녀석은 갑자기 절 업고 마구마구 뛰었습니다.

까악!! 오빠!! 〉ㅁ〈!! ㅡ 수영

한참을 헉헉 뛰어 집에 도착했습니다. ㅡ_ㅡ;;

소민녀석은 숨이 찬지 헉헉거렸고…… 전 녀석의 등에 업힌 채 물
었습니다. ㅡ_ㅡ

오빠, 갑자기 왜 뛴 거야? ㅡ_ㅡ; ㅡ 수영

아씨……. 쪽팔리잖아……. ㅡ_ㅡ^ ㅡ 소민

−_−;; − 수영

그리고 너…… 아까 나한테 한 말 다시 해봐. 헉헉……. − 소민

뭐…… 뭘……? −0−; − 수영

소민녀석은 숨이 찬 가운데서도 씨익 웃으며 말했습니다.

너…… 그렇게 사랑하면 안되지……. 헉헉. − 소민

무슨 말이야? −_−; − 수영

넌 날 너무 사랑한다……. 쿠쿡……. − 소민

뭐…… 뭐래!! −_−* − 수영

소민녀석은 제가 아까 아기를 질투한 거 가지고 마구 절 놀려먹고 있습니다. −_−^

제가 막 뒤돌아서 집에 가려는 순간 제 어깨에 소민녀석의 팔이 얹혀졌습니다. 제가 고개를 돌리자 녀석의 웃는 얼굴이 정면으로 보였습니다.

녀석은 씨익 웃으며 말했습니다.

니 아기니까 좋아하는 거지 남의 아기면 그렇게 좋아하지도, 간섭하지도 않아. ^−^ 니 아기니까 소중하고 귀하게 키우고 싶어. 너와 나의 아기니까……. − 소민

#106

야!! 너 물 먹을 시간이야. -O-! - 지희

아악!! >ㅁ<!!

너까지 왜 그래? - 수영

소민오빠가 너 하루에 물 1리터씩 먹으면 3만원 준다고 했어. -O-

자~ 입 벌려. 물 먹여줄게. - 지희

3만원에 우정을 판 거냐!? ㅠ_ㅠ. - 수영

지희는 저에게 물통을 턱! 던져주며…….

팔았다 그래! -O- 빨리 먹어! - 지희

배신자……. ㅠ_ㅠ. 꿀꺽꿀꺽 - 수영

물을 다 마시고 지희에게 빈 통을 던져준 다음 막 교문을 나서는
순간…… 익숙한 뒷모습이 보였습니다.

어? 쟤 현호 아냐!? O_O!! - 지희

가자! - 수영

왜 그래? -_-? 현호야!! 지희누나야!! >ㅁ<!! - 지희

순간 현호가 뒤를 돌아보았습니다. 그리고 씽긋 웃으며 저희에게
다가오고 있었습니다.

권지희, 이 눈치라곤 콩나물 대가리도 없는 논……. ㅠ_ㅠ.

안녕하세요 지희누나 ^-^ 수영누나……. - 현호

응~ 응~. -0-!! 나 기다린 거니? ㅇ_ㅇ - 지희

-_-+ - 수영

권지희……. -_-;; 너의 그 바람기는 언제 잠재울 거니? 민호오빠가 보면 어쩌려고? -0-;;

전 그저 다른 곳에 시선을 고정한 채 가만히 서 있었습니다.

순간 제 어깨가 말려 들어가는 걸 느끼며 위를 보니 현호가 화난 표정으로 절 쳐다보고 있었습니다.

지희는 어디 갔니? - 수영

지희누나 내가 보냈어요. 나랑 얘기 좀 해요 누나. - 현호

너랑 할 얘기 없는데? - 수영

오해하지 말아요!! - 현호

현호는 버럭! 소리를 질렀습니다.

전 놀라서 현호를 쳐다보았고, 현호는 잔뜩 화가 가득 찬 눈을 보이며…….

나 가희누나 부탁받고 누나한테 접근한 건 사실이에요. 하지만…… 누나를 만날수록 좋아졌어요. 아니…… 지금은 사랑해요. 나…… 알았어요. - 현호

아주 쓸데없는 걸 알아버렸구나. - 수영

전 잔뜩 눈을 치켜 올리며 현호를 쳐다보았습니다.

현호는 놀란 눈을 하며 절 쳐다봤습니다.

미안……. 니가 날 잊게 만드는 방법은 이거밖에 없다.

난 니가 생각하는 그런 착한 아이가 아니야. 아주 단단히 착각했구나. 난 옛날부터 너 같은 아이 많이 만나봤는데 말야, 아주…… 아

주 귀찮아. - 수영

전 현호가 놀란 눈을 할 거라 생각하며 현호를 쳐다봤지만 오히려 현호는 절 슬프게 바라보며 말했습니다.

거짓말 말아요. 그렇게 슬픈 눈을 하고서 그런 말하면 누가 믿는대요? 소민선배가 말 안 하던가요? 누나는 얼굴 표정에 마음이 다 나타난다고……. 솔직히 대답해 줘요 누나. 누나도 나 사랑하죠? 그렇죠? - 현호

그만해. 짜증나려고 해. - 수영

정말 슬슬 짜증이 나려고 했습니다. -_-^

이렇게 잔뜩 슬픔이 묻어나 있는 녀석의 말도…… 표정도…… 왠지 모르게 다 짜증이 납니다.

오직 제 머리 속에 떠오르는 건 소민녀석이 날 기다리고 있을 거라는 그런 생각…….

누나…… 왜 그래요? 누나…… 누나……. - 현호

동정심이었을 뿐이야. 니가 하는 짓이 너무 불쌍해서 도와준 거야. 지금 소민오빠가 기다릴 거야. 갈게. - 수영

전 최대한 차갑게 현호를 스쳐갔습니다. 현호의 흔들리는 눈이 마음에 걸렸지만…….

이젠 소민녀석에게 마음을 굳혀버렸으니까…… 녀석에게 모든 걸 줬으니까…… 전 현호를 차갑게 지날 수 있었습니다.

제 등 뒤로 현호의 외침이 느껴졌습니다.

유수영!! 가지 마!! 가지 말라고!! - 현호

전 홱~ 현호를 쳐다보며 말했습니다.

소민오빠가 말했지, 아마? 유수영이 아니라 수영선배야. 알았어?

^-^ – 수영

현호는 벙찌게 절 쳐다봤습니다.

아~ -_-;; 속이 다 시원하네. 이제 모든 게…… 정리가 되어가는 구나. 녀석과 나의 사랑도 -_-* 깊어가겠구나…….

전 룰루~ 랄라~ 거리며 집에 도착했습니다. -_-

녀석이 부엌에서 앞치마를 두르고 있었습니다.

오빠! >ㅁ<!! – 수영

어어~ 왔냐? O_O 야! 이거 먹어봐! 산모의 몸에 좋대! – 소민

소민녀석은 어느새 반쯤 불러져 있는 제 배를 쓰윽 쓰윽 쓰다듬으 며 말했습니다.

아가야…… 나 아빠야. 니 아빠 목소리…… 참 좋지? ^-^ 니 아빠 는 멋지고 잘생기고 또 정말 자상하단다. -v-*. – 소민

아기에게까지 세뇌를 시키려나 봅니다. -_-;;;;

아가야……. 니네 엄마 뒤뚱뒤뚱 걸어다니는 거 이제 금방 보겠다. 쿠쿡……. – 소민

오빠! -_-+ – 수영

오늘부터 니네 엄마 별명은 돼지에서 오리로 업그레이드되었다! 쿠쿠쿡. +_+! – 소민

오빠!! -_-+ – 수영

소민녀석은 쉿! 하고 제 입을 막고서는 계속 아기와의 디화를 시도 했습니다. -_-;

아기야…… 어서 너의 얼굴을 보여주렴. 이 아빠의 품에 안기렴.

기다리마……. 언제까지고 기다리마 아기야……. - 소민

전 울컥 울컥 눈물이 솟았습니다. ㅠ_ㅠ.

녀석이 이렇게 노력하는구나……. 멋진 아빠가 되기 위해 저렇게 열심히 노력하는구나. ㅠ_ㅠ.

또 우냐? 울뱅이. -_- - 소민

나…… 나 울뱅이 아냐! ㅠ_ㅠ. - 수영

그래그래 알았어. -_- 돼지. - 소민

돼지 아니라니깐!! +ㅁ+;; 돼지 대신 오리라고 부른다며!! - 수영

헛! -_-;; 마…… 말실수…….

소민녀석은 장난스럽게 씨익 웃으며…….

그래 그래. 오리라고 불리고 싶었냐? -_- 오리야. 오리야. 오리야. 오리야. 오리야. 오리야. 오리야. -0- !!- 소민

그날 밤에는 제가 미운 오리새끼가 되었다가 -_-; 마침내 백조가 되었지만 날기도 전에 소민녀석이 제 등에 타는 바람에 물속으로 가라앉고 마는 슬프디슬픈 꿈을 꾸었습니다. -_-;;

#107

민재.번외.want love

사랑해……

사랑해……

사랑해 민재야……. 사랑해……

좋은 아침! 한지민. ^-^ 요즘 니가 꿈에 자주 나온다. ^-^ - 민재

나 이민재. 귀엽고 깜찍하고 잘생긴 터프의 결정체…… 라고 말하
면 돌 날아오겠지? -_-;;

그저 한마디로 나란 인간을 말하자면…… 사랑하는 여자를 잃은
빌어먹을 남자놈이랄까? 쿠쿡…….

야! 한지민! 오늘도 니가 좋아하는 동그랑땡 했다! 동그랑땡! 알
지? >ㅁ<!! - 민재

언제나 뒤를 돌아보면 니가 서 있었지……. 내가 혼잣말을 하면 지
겹지도 않은지 하나하나 꼬박꼬박 대답해 주었지……. 그리고 내
집에 와서 같이 동그랑땡하면서 맛있다고 호들갑을 떨었지…….

짜잔~. 이민재표 동그랑땡이다. ^-^ 야 한지민! 니가 가르쳐준 방
법대로 했는데……. - 민재

우리 집에 걸려 있는 사진 중 제일 큰 한지민의 사진 앞에서 계속 동그랑땡을 입안에 쑤셔넣었지만……

야 한지민……. 정말 맛없잖아……. 쿠쿡……. 니가 가르쳐준 동그 랑땡…… 정말 맛없어……. – 민재

세상은 하나도 안 바뀌었다. 시간도 그대로 흘러간다. 하지만 바뀐 게 하나 있다면…… 한지민, 니가 내 옆에 없다는 것, 그거 하나뿐 이야…….

아~ 정말 맛없어!! -_-^ 한지민! 이젠 니가 가르쳐준 방법대로 안 먹을 거야! >ㅁ<! – 민재

하지만…… 어느새 내 주식은 니가 좋아하는 동그랑땡으로 바뀌어 버린 지 오래야. 그리고…… 맛없다고 투덜대면서도 니가 가르쳐 준 방법…… 그대로 사용하고 있어.

나 왔다! – 민호

형!! >ㅁ< !! – 민재

요즘 따라 형이 자주 온다, 그치? ^-^

내가 슬퍼할 거라고 생각해서 그런가봐……. 한지민…… 너 때문 에 이렇게…… 형이 자주 찾아오니까 니 생각하면서 울 겨를도 없 어…….

밥 좀 꼬박꼬박 먹어! -0-! 너 동그랑땡에 한 맺혔냐!?!? – 민호

킥……. >.< – 민재

띠리리링~. -_-

누구야? -_-^ 여보세요. – 민호

형. -0- 누가 전화……. – 민재

뭐야!?!? 권지희 걔 또 남자랑 싸돌아다녀!?!? 거기 어딘지 똑똑히 대!! 바로 갈 거니까!! 뭐 명동? 알았어!! 간다!! -0-!! - 민호

형 -_- 빨리 가. - 민재

미안하다. 나 갈게. 스머프 이 녀석 또 발동했다는군. 넌 오늘 나한테 죽었어……. -_-^ - 민호

지민아……. 행복해 보이지? 형이랑 지희랑 행복해 보이지? 그리고 소민형이랑 수영이…… 임신했대. 좋아 보여. 다들 행복해 보여. 그치?

난…… 하나도 행복하지 않은데…… 세상은 너무 행복한가봐.

…….

…….

야!! 한지민!! 나 오늘 술 먹었어!! >ㅁ<!! 기분 나쁘지? 너 나 술 먹는 거 싫어했잖아!! 쿠쿡…….

말 좀 해봐. 기분 나쁘다고…… 말 좀 해보라고! 왜…… 아무 말도 안 해? - 민재

눈물이 투둑…… 떨어졌다…….

저녁 무렵, 한지민…… 그 녀석이 묻혀 있는 강가에 와서 마구 술을 먹고 소릴 질렀지만 돌아오는 건 차갑게 나를 스치는 바람 뿐…….

언제나 술을 먹으면…… 니 꿈을 꿀수 있으니까……. 니가 술 먹지 말라고 당부하는 그런 기분 좋은 꿈을 꿀 수 있으니까……. 너무…… 너무 행복한 꿈을 꿀 수 있으니까.

하지만…… 난 널…… 꿈에서밖에…… 못 만나. 제발…… 말소리

라도 들려줘. 제발…… 내 눈앞에 나타나줘. 꿈에서만 보는 건……
정말 지겹단 말야. 정말 지겨워!! - 민재

마구 소리쳤지만…… 결국 아무런 소리도 들리지 않는다. 지쳐서
강가에 주저앉아 툭툭 돌멩이를 강에 던져본다.

핏……. 아주 미친 짓을 했구만…… 이민재……. - 민재

비틀비틀거리며 집으로 돌아와 침대에 털썩! 누웠다…….

빨리 잠이 들고 싶어. 너의 꿈을 꾸게…….

…….

야!! 야!! 이민재!! 〉口〈!! - 지민

우음……. =口=. - 민재

일어나 봐!! 나 한지민이라구!! 〉口〈!! - 지민

벌떡!! O_O……

이것도 꿈……?

하지만……너무 생생하다……. 너의 그 살결과 살짝 미소 짓는 그
웃음도…….

난…… 난 한지민 녀석을 와락 끌어안았다.

어? 얘가 왜 이래? O_O;; - 지민

보고 싶어……. 너무 보고 싶어 한지민……. - 민재

이게 꿈이라면 제발 깨지 말길…….

내 허리에 녀석의 손이 둘러지며 울먹이는 소리가 들렸다.

제발…… 나 때문에 아파하지 마. 부탁이야, 응? 이민재…… 니가
아프면 내가…… 더 아픈 거 알지? 응? - 지민

난 무조건 고개를 주억거렸다.

니 말이면 다 좋아……. 니 말이면 다 듣고 싶어.

그래……. 마음이 놓인다! 한번만 더 술 마셔봐!! 그랬다가는 -0-!!

죽음이야!! - 지민

^-^……. - 민재

씽긋 웃는 한지민……. 그녀가 조금씩 사라져 갔다…….

순간 눈이 번쩍!! 뜨였다.

또…… 꿈인가?

그렇게 조금씩 해가 밝아왔고…… 난 한지민 사진 앞으로 갔다.

너……. 어젯밤에 너 온 거 맞지? 그렇지? - 민재

하지만 사진은 가만히 웃기만 할 뿐…….

고마워……. 와줘서 고마워……. - 민재

넌…… 여전히…… 내 마음속에 살아 있을 거니까…….

이제…… 아파하지 않을게. 이제…… 슬퍼하지 않을게. 내가……

하늘에 올라갈 때까지 조금만 더 기다려줘…….

want love……

#108

지민.번외. 잠시내려오다

뭐야? O_O.
지민이 아직도 집에 누워 있는 거야? O_O. - ??
초특급 상사병이랄까……. -_-……. - ??
하늘나라……. 그곳에 그녀가…… 한 남자를 그리워하며 잠들어
있다.

제발요!! 나 죽는다구요!! 한번만이라도 만나게 해줘요!! 제발
요…… 천사장님, 제발……. ㅠ_ㅠ. - 지민
-_-+ 한지민. 니 맘대로 지상세계에서 발광 피운 것만 해도 너의
날개를 검은색으로 바꿔버리고 싶었지만 내가 참았다는 걸 알아둬
라. -_-+ - 천사장 -0-;
첫! -_-+ 바꿀 테면 바꿔보라지. 하지만 난…… 하루라도 민재를
안 보면 괴롭단 말야.
힘들어……. 아파……. 이 마음이 너무 아파…….
아파도…… 참아야 한다. - 천사장
천사장님, 왜…… 날 먼저 이곳으로 데리고 온 거예요? 난 민재랑

함께……. - 지민

한지민……. 그렇게 이민재란 남자를 만나고 싶냐? - 천사장

한번만이라도…… 한번만이라도…… 다른 사람의 몸을 빌려서라도 만나고 싶어. 너무 그리워…….

하루만…… 딱 하루만 기회를 주마. - 천사장

진…… 진짜요? 고…… 고마워요!! ㅠ_ㅠ.- 지민

지상에서 너의 이름은 김지민이다. 딱…… 24시간만 기회를 주마. 딱 하루만이다. - 천사장

고…… 고마워요!! - 지민

하얀 빛이 나를 감싸고……. 눈을 떴을 땐…… 나는 침대에 누워 뚫어지게 천장을 바라보고 있었다.

벌떡 일어나 거울을 보니…….

긴 머리의 여자아이다. 대학생이군……. 학생증을 보니…… 이름은 김지민…….

오늘…… 하루만 니 몸을 빌릴게……. 오늘 하루만.

…….

흐음……. 여기가 이민재가 다니는 대학교란 말이지? -_- - 지민

옷을 대충 입고 교문을 들어서자 보이는 건…….

내 눈에만 보이는지 모르겠지만…… 공기방울…… 이걸 사람들이 마시는 거구나.

나도…… 예전엔 이런 걸 마셨는데……. 쿠쿡…….

아아~ 정말 오랜만이다!! >ㅁ<!! - 지민

아악!! 자…… 잘못했어요!! ㅠoㅠ!! 오빠!! - 수영

시끄러!! −_−+ 너 내가 얌전히 다니랬지!! 너 자꾸 돌아다니면 아기한테 위험하단 거 몰라!?!?! 정말 맞을래!? 이걸 화악!! − 소민

ㅠ0ㅠ!! − 수영

−_−;;; − 지민

이 목소린…… 안소민과 유수영의 바퀴벌레 커플? −_−;;

휙 뒤를 돌아보니 역시나…… −_−; 유수영이 안소민한테 귀 잡혀서 질질 끌려가고 있구나.

여전하구나…… ^−^…….

…….

댄스부랬는데……. 몇 층이지? ㅇ_ㅇ…… − 지민

이리저리 왔다 갔다 댄스동아리를 찾았지만…….

에이씨! −_−^ 왜 없는 거야! =ㅁ=!!

그때 강한 리듬의 힙합노래가 흘러나왔다.

이 노랜…….

허둥지둥 노랫소리가 들리는 곳으로 마구 뛰어가니…….

춤을 추고 있다……. 민재……. 믿어지질 않아……. 내 눈앞에 니가 있다는 게…….

이민재……. − 지민

조용히 이름을 불러보았지만 음악소리에 묻혔는지 여전히 멋진 춤만 추고 있는 녀석…….

이 나쁜 놈아……. 니 마누라 왔단 말야…….

얼굴이 핼쑥한 게…… 마음이 아프다.

마지막으로 눈물이 잔뜩 고인 채 크게 소리를 꽥! −_−; 질렀다.

이민재!! – 지민

뚝…….

눈물이 한 방울 떨어지자 드디어…… 땀을 잔뜩 흘리며 날 쳐다보고 있는 이민재…….

하지만 누군지 모르겠다는 눈치로 날 쳐다보고 있다.

그래……. 이 몸…… 내 것이 아니지…….

나…… 알아요? – 민재

여전한 보랏빛 머리카락을 쓰윽 올리며 말하는 녀석…….

보고 싶었어…… 너무…… 너무…….

야~ 이민재!! 니 팬인가 봐!? 하루에 꼭 3명씩 오네!! +ㅁ+;; – 춤 추던 아이1 –_–

저 좋아서 와주신 건 고마운데요……. 지금은 저 춤 연습해야 하거든요? – 민재

눈물이 넘치려는 걸 느끼며 조용히 말했습니다.

아프지 말라고 그렇게 당부했는데…… 왜 이렇게 아파 보여? 아프지 말랬잖아! – 지민

순간 뒤를 돌아서 가려던 몸짓이 멈칫거리더니 약간 차가운 눈으로 날 바라보며 말하는 이민재…….

너…… 뭐야……? – 민재

웃어야지……. 웃는 모습 조금이나마 보여줘야지.

잔뜩 눈물 고인 눈으로 입가를 억지로 올리며 살짝 웃었다.

아니에요. 제가 뭘 잘못 말했어요. 나…… 선배 좋아서 온 팬이에요. 춤 열심히 추세요. – 지민

막 뒤돌아서 가려는 순간……. 내 손목을 잡는 손이 보였다.

설마…….

야. − 민재

왜…… 왜요? −_ㅠ. − 지민

날…… 알아봐줬으면…….

나 한지민이야! 니 마누라 한지민이라구!

눈물 닦아……. 여자가 울면 나 하루 종일 기분 잡치니까. − 민재

고…… 고맙습니다. − 지민

친절하구나. 무뚝뚝해 보이면서도 친절한 건 여전해.

괜히 실실 웃음이 나왔다.

쿠쿡……. 야, 너 누구 닮았다? − 민재

빤히 바라보자 어느새 쓸쓸하게 변해버린 녀석의 눈…….

내가…… 아주 잘 아는 녀석이랑 닮았어. − 민재

눈물을 꾸욱 참고 웃으며 물어봤다.

누구 닮았는데요? − 지민

있어. 아주…… 아주 나쁜 애야. 아주……. 그래, 보여줄게. 너……
우리 집에 한번 와볼래? 보여주고 싶어. 너랑 꼭 닮은 아이, 그 녀
석의 모습을……. − 민재

네. ^-^ − 지민

춤연습이 끝나고 녀석의 집에 가는 길…….

변한 게 없구나…….

익숙하게 걸어가자 민재녀석이 수상하단 듯 쳐다보며…….

너 …… 여기 와봤니? − 민재

네? 아~ 친척언니네 집 가는 길이랑 똑같아서요. ^-^;; - 지민

언제나 밤늦게 니가 술을 먹고 올 때면 하염없이 기대서서 기다렸던 전봇대도 그대로 있구나.

너 기다리다 심심해서 벽에 민재♡지민 -_-; 이라고 써놓은 낙서도 여전히 남아 있고…….

어느새 녀석의 집. 달칵거리는 기분 좋은 마찰음과 함께 문이 열리며 들어가자마자 보이는 건…….

이 녀석이야……. 너랑 많이 닮은 녀석. ^-^ 이쁘지? - 민재

네……. - 지민

전면에 걸려 있는 현수막처럼 되어 있는 내 사진……. 환하게 웃고 있는 내 사진……. 여기저기 액자에 잔뜩 끼워져 있는 내 사진들…….

괜히 눈물이 고였다…….

이 언니…… 랑…… 사귀나 봐요? - 지민

아니……. 좀 먼 데로 갔어. - 민재

난 더 이상 안 물어보고 민재녀석을 처다보며 말했다.

아직도…… 이 언니 못 잊고 있나 봐요? - 지민

잊을 수가 있어야지……. ^-^ - 민재

힘들게 살아온 녀석의 흔적이 보입니다.

이리저리 굴러다니는 술병……. 어지럽게 흐트러진 갖가지 옷들…….

내가 없으면…… 누가 너의 집을 치워주고 너의 아침밥을 해줄까?

이렇게 바보같이 사는 게…… 너무 안타깝고 또 화가 난다.

왜 아직 나를 못 잊고 있는 거야? 그리고 나는 널 왜 못 잊고 사는 건지…….

아, 뭐 먹을래? 코코아? – 민재

네. ^–^ – 지민

문득 시계를 보니…… 24시간 중 벌써 10시간을 써버렸구나. 어둑어둑해지는 바깥 풍경을 보니 마음이 쓰라렸다.

나는 조심스레 녀석의 방에 들어가 재빠르게 방을 치우고 나왔다.

아~ 내가 요리를 못해. –0–;; 그래서 30분이나 기다리게 했네. 미안 미안~. – 민재

괘…… 괜찮아요. ^^ – 지민

너 어디 아프니? 땀이 찔찔 나. –_–;; – 민재

아…… 아니에요. 조금 덥네요. ^^;; – 지민

조금씩 심장이 뛰고 있었다.

안돼……. 벌써…… 하루가……. 너무 빨라…….

야! 너 정말 어디 아픈 거 아니야? – 민재

아니에요……. 아니……. – 지민

어느새 내 옆에 와 다정하게 이불을 덮어주고 날 꼬옥 껴안아 주는 녀석…….

왠지 감기가 걸린 거 같아…….

오늘만…… 오늘만 외간 여자 껴안는 거 이 녀석이 이해해 주겠지? ^^ – 민재

녀석의 품에 안기자마자…… 조금씩…… 안정이 되어가는 심장……. 따뜻하다…….

어느새 스르르…… 잠이 들었다 깨어보니…….

내 눈앞에 보이는 건…… 12시 10분 전……. 하아……. 하…….
하…….

10분! 이제 10분이면 난…….

민재선배……. 하아…… 하…… 민재선배. - 지민

뭐야? 우음……. 잠들었던 건가? - 민재

부스스한 눈을 비비며 날 쳐다보는 녀석.

전 손으로 녀석의 머리카락…… 눈…… 코…… 입술…… 하나하나
만졌습니다.

민재녀석은 놀란 눈으로 절 쳐다봤고…….

야. 너 왜 그래……? - 민재

민재선배……. 아니…… 이민재……. - 지민

너 선배한테 왜 반말 쓰는 거냐? -_-+ - 민재

고개를 푸욱 숙이며 조용히 녀석에게 말하기 시작했다…….

민재야……. - 지민

남은 시간…… 7분…….

너 왜 그래? O_O. - 민재

민재야…… 나…… 모르겠어? 응? - 지민

안타깝고 마음이 아파 나도 모르게 눈물이 뚝뚝 떨어지자…… 민
재는 당황하며…….

기…… 김지민이지! ^-^;; - 민재

고개를 들고 잔뜩 눈물이 고인 눈으로 민재를 쳐다보자…….

짧은 시간…… 조금…… 조금이나마 본래의 내 모습이 보였는지

민재의 눈이 커지며…….

한지민! 지민아! - 민재

남은 시간…… 5분…….

그래……. 나 지민이야……. 한지민……. - 지민

와락 민재가 날 껴안았지만…… 민재의 손은 그대로 내 몸을 통과해 버리고…….

이제…… 갈 때가 됐구나…….

한지민…… 너…… 정말 너 맞아? 응? - 민재

응…… 나 지민이야…… 지민이……. - 지민

남은 시간…… 3분.

왠지 모르게…… 무언가 빨려 들어가는 느낌이 들어 눈을 번쩍 떠 보니…….

하아……. 내 몸이다……. 불에 타버렸던 내 몸…… 본래의 내 몸이야…….

한지민……. - 민재

와락!! 날 껴안은 민재…….

이젠 민재의 손이 내 몸을 통과하지 않고…… 민재의 심장소리가 두근두근 들렸다.

천사장님이…… 마지막 시간을 줬구나…….

어느새 내 입술을 자신의 입으로 덮고 있는 민재…….

난 민재의 허리에 손을 두르고 몸을 밀착시켰다. 꺼칠한 민재의 입술이 내 입술에 닿는 걸 느꼈고…….

난 겨우 민재를 떼어내며 말했다.

민재야……. 보고 싶었어……. 정말……. – 지민

그래……. 나도야…… 나도……. – 민재

남은 시간…… 1분…….

민재야…… 사랑해……. 알지? 응? – 지민

말없이 고개를 끄덕이는 민재…….

민재……. 다른 여자 만나……. – 지민

싫어. 그것만은 안 해. – 민재

나 너 아픈 것 싫어…….

좋은 여자 많잖아……. 응? 제발……. 난…… 이제…… 살아있는
사람이 아니야 민재야. – 지민

순간 몸을 움찔거리며 잔뜩 화난 눈으로 소리치는 민재 …….

필요없어!! 니가 죽어 있는 사람이던 살아 있는 사람이던 난 필요
없어!! 난 너만 사랑할 거야……. 조금만 기다리라고 했잖아…….
조금만 더 기다려줘……. – 민재

난 안된다며 고개를 저었고…… 슬프게 말했다….

그러면 안돼 민재야……. – 지민

남은 시간 30초.

내 몸이 조금씩 투명해지는 걸 느꼈다……. 김지민이란 몸은 이미
소파에 널브러져 있는 상태고…….

난 민재의 손을 잡았던 손을 떼며…….

갈게……. – 지민

내 손을 꽉 잡은 민재…….

가지 마…… – 민재

순간 괴로웠지만…… 씽긋 웃으며…….

기다릴게……. - 지민

그제야 손을 놔주는 민재…….

갑자기 하얀 빛이 화아~ 하고 내 눈을 비추는 순간……. 난 푹신한 구름 위에 주저앉아 눈물을 뚝뚝 흘리고 있었다.

괜찮으냐……? - 천사장

네……. - 지민

다른 여자 만나라고 하면서…… 기다리겠다고 한 니 심보는 도대체 뭐였느냐? - 천사장

난 눈물을 쓰윽 닦으며 말했다.

민재에 대한 사랑이란 심보죠 뭐. - 지민

어느새 밝은 웃음을 지으며 날 쳐다보고 있는 천사장…….

미안하다……. 어쩔 수 없었다……. 너의 그 순수한 마음이 필요했다. 넌 원래…… 하늘에서 살지 않았느냐? 잠시 죄를 지어서 간 것뿐이지……. - 천사장

솔직히 하늘에서보다 지상에서 민재랑 친구들이랑 어울려 살던 때가 더 좋았어요. -_-+ - 지민

그 지상이란 곳에서 이민재란 사람을 만났으니까…….

이민재에겐 꿈으로 해놓았다. 그리고 김지민의 몸은 집으로 안전하게 옮겨져 있을 거다. 이민재에게 김지민이란 사람은…… 기억 속에 없을 것이다. - 천사장

네……. - 지민

기다릴게……. 살면서 힘들 때면 다른 여자한테 기대도 좋아. 하늘

에 올라와선…….

하지만 하늘에 올라오면……. 그땐…… 다른 천사한터 기대면 죽어! -_-+ 니가 하늘로 올라오면 언제나…… 내가 지겹도록 붙어다닐 거니까…….

그럴 거니까…….

지민…… 잠시 내려오다

#109

내가 부탁했잖아!! 〉ㅁ〈!! - 수영

야! 새벽에 추어탕 끓여주는 데가 어딨어!! 그리고 웬 추어탕이야! 아무리 니가 그런 거 잘 먹는다 해도 이젠 못 참아!! - 소민

새벽……. -_-;; 갑자기 미꾸라지가 먹고 싶어 추어탕 좀 사달라고 하니까 이렇게 지랄입니다. -_-+ (새벽에 추어탕 사오라고 하면 다 짜증낸다 -_-; 한번 해봤다 -_-;;)

멋진 아빠가 된다며!! ㅠ_ㅠ!! - 수영

소민녀석……. -_-;; 순간 눈빛이 변하며 입으로 조용히 중얼거리는 걸 들었습니다.

"멋진 아빠가 되려면 멋진 엄마가 뒷받침을 해줘야지……. 꿍얼꿍얼." -_-

넌 사오기만 하면 다 우엑~ 거리며 치우잖아! -_-+ 산딸기 사건만 해도 그래! 도대체 입덧은 왜 그리 심해!? 니가 안 먹고 놔둔 음식 먹어치우느라 내가 살쪘다구!! - 소민

살이 찌기는 뭐가 쪄? -_-^

녀석은 이상하게 먹으면 먹을수록 오히려 살이 빠지는 체질입니다. =-_-=

오호~ 신기해라. -_-;;

추어탕……. ㅠ_ㅠ……. – 수영

미꾸라지 갈아서 탕 만든 게 뭐가 맛있냐!!? 니 뱃속의 애새끼는 도대체 먹고 싶은 게 왜 그렇게 많아!! –_–+ – 소민

소민녀석……. –_–;; 드디어 폭발했는지 버럭버럭 소리를 질렀습니다. –_–;; 전 움찔움찔거리며 –_–; 소파 구석탱이에 앉아 있었습니다.

하지만…… 먹고 싶은걸……. ㅠ_ㅠ. – 수영 (눈치 없는 뇬 –_–;)

소민녀석은 머리카락을 후~ 하고 불며 조용히 말했습니다.

그래, 한번만 사준다. 너 이번에도 안 먹고 치워버리면 진짜 죽는다. –_–+ – 소민

응. +_+!! – 수영

소민녀석은 지갑을 들고 나가다 '아차' 하면서 돌아와 저에게 말했습니다.

나 내일 MT 간다. –_– – 소민

어? O_O;; – 수영

소민녀석이 없으면…… –_–;; 나 혼자 이 뚱뚱한 배때기를 ㄱ-지고 슈퍼를 왔다 갔다 해야 한다는 거잖아!? 그럼 이미지상 안 좋은데!! +ㅁ+;; (유일한 식량공급원이 끊겼다 –_–;;)

니 혼자 그 큰 배때기 들고 왔다 갔다 해야 한다는 거 아니냐. 푸하하핫!! 생각만 해도 웃겨~. >ㅁ<!! – 소민

–_–+ – 수영

멋진 아빠가 된다면서……. –_–+

아무튼……. MT는 원래 2박 3일이지만 난 되도록 하루만 갔다 올

게. ﹣_﹣ 소민

그냥 안 가면 안돼? ㅠ_ㅠ. ﹣ 수영

소민녀석은 절 쓰윽~ 바라보더니

뚱뚱한 아줌마가 애교 떨면 안 어울려. ﹣_﹣ ﹣ 소민

뚜…… 뚱뚱한 아줌마~. ㅇㅁㅇ!! 내가 누구 때문에 아줌마 됐는
데!! ㅠㅇㅠ!! 내가 누구 때문에 이런 배때기를 안고 살아야 하는
데!! ㅠㅇㅠ!!

지금 내 뱃속에선 아기가 쾅쾅거리며 지랄 떨지 말라고 반항하고
있는 듯했습니다. =ㅁ=;;

아아……. ﹣ 수영

야…… 왜 그래? ﹣_﹣ 소민

배가……. 배가……. ㅠㅇㅠ!! ﹣ 수영

소민녀석의 표정이 싸악 굳어지더니 허둥대며 말했습니다.

배가 뭐!?!?! ㅇㅁㅇ!! ﹣ 소민

배가…… 고프다고…… 추어탕 달래. ﹣_﹣ 수영

﹣_﹣+ ﹣ 소민

소민녀석은 절 째려보면서 사라졌고…….

10분 뒤, 추어탕 담은 냄비를 식탁에 쾅!! 내려놓으며 말했습니다.

추어탕 니가 다 먹어!! ﹣_﹣+ 미꾸라지 대가리까지 몽땅 처먹어
라!! >ㅁ<!! ﹣ 소민

﹣_﹣;; ﹣ 수영

소민녀석이 저렇게 유치+쪼잔했던가……. ﹣_﹣;; 원래 이미지는 카
리스마+멋진 놈 아니었던가. =ㅁ=;; 아, 녀석도 이제는 아저씨가

다 됐구나. -_-;;

전 추어탕을 먹고 빈 그릇을 부엌에 치워 놓으면서 녀석에게 들으라는 듯이 크게 소리쳤습니다.

오빠 잘 먹었어~. ()_()/ – 수영

-_-^ – 소민

전 소민녀석이 삐져있는 걸 달래기 위해 마구 소리쳤습니다.

와와~ 오빠~. -_-;; TV에서 '잼있는 거' 해~. 〉ㅁ〈!! – 수영

소민녀석의 고요하고 조용한 한마디……

그럼…… 빵이 있어야겠네……. -_-……. – 소민

오빠……. 그거 유머라고 한 거지? -_-…… – 수영

-_-* – 소민

여기서 이해 못한 분들께 알려드립니다. -_-;;

제가 TV에서 '잼있는 거' 한다고 하니까 녀석은 딸기잼 -_-; 포도잼 그런 걸로 인식하고 '빵' 이 있어야 한다고 한 겁니다. -_-;;

두두두두~. -_-;; (사건 25시 소리 -_-;)

안소민군. 썰렁한 유머로 펭귄들을 끌고 다닌 죄로 당신을 치포합니다. -_-;;;

오빠. -O- 사과 깎아줄까? – 수영

됐어. -_-+ – 소민

-_-;; – 수영

전 당황해서 녀석을 처다봤고, 녀석은 툴툴대며 말했습니다.

옛날이 그립다. -_- – 소민

뭐가? 우걱우걱. ㅡ,ㅡ – 수영

전 접시에 담겨 있는 총각김치를 베어 먹으며 말했습니다. -_-;

소민녀석은 절 째려보며 다시 회상에 잠긴 듯 -_-; 나긋나긋하게 말했습니다. -_-

내가 별 따오라고 시키니까 니가 내 별이 된다고 한 적이 있었잖아……. ^-^ - 소민

웩~. @π@!! 내가 정말로 그런 빠다 처바른 말을 언젠가 했단 말야? -_-; - 수영

그래! 아주 빠다! 처바른 말이었다! -_-+ - 소민

전 총각김치를 다 베어 먹고 오징어를 우물우물거리며 녀석의 말을 들었습니다.

결혼식날…… 니가 웨딩드레스 입고 날 쳐다봤을 때…… 정말 난 니가 천사인 줄 알았어. - 소민

지금도 천사야? 씨이익~. -_-;; - 수영

소민녀석은 한심하게 절 바라보며 말했습니다. -_-

이빨에 고춧가루나 떼. -_-…… - 소민

전 손으로 이빨을 쓰윽쓰윽 -_-;; 긁으며 녀석을 쳐다봤습니다. 녀석은 한숨을 푹푹 쉬며 말했습니다.

그런데 지금은…… 아무도 못 말리는 팔방 아줌마가 되어 있으니……. 휴~ 세상에~. ㅠ_ㅠ. - 소민

-_-a……. - 수영

무언가…… 기분이 나쁩니다. -_-…… (둔한 것 -_-;;)

하지만 둔탱이에다 눈치대가리 없고 어리버리한 건 여전하고……. -_-+ - 소민

달그락 달그락 달그락……. (머리 굴러가는 소리 -_-;)

번쩍! -_-;;

뭐야!??!?!? ㅇㅁㅇ!! - 수영

정확히 5초……. -_-…… 넌 무슨 말을 해도 정확히 5초 뒤에 대답하는구나. -_- - 소민

-_-;;;; - 수영

전 왠지 소민녀석이 불쌍해 보였습니다. (불쌍하지 -_- 너랑 결혼해서 -_-;;)

전 목욕탕에 들어가 몸을 깨끗이 씻은 다음 어느새 불룩 튀어나온 배를 닦았습니다. 그리고 김칫국물이 묻어 지저분한 임신복을 버리고 -_-; 이빨을 깨끗이 닦은 뒤 -_-';; 회색의 세련된 임신복을 입고 녀석에게 다가갔습니다. -_-;

헤헤헤……. 아기 낳으면 몸 관리해서 고등학교 교복 입고 오빠한테 이쁜 모습 보여줄게요~. >_<!! - 수영

소민녀석은 풋! 하고 웃으며 제 머리를 쓰윽쓰윽 쓰다듬었습니다.

미워할 수가 없어…… - 소민

미운정도 있대잖아요~. >_< - 수영

너 말 끝 흐리지 마라. -_- 안 어울리는 거 알지? - 소민

응. -_-;; - 수영

녀석은 제 입술에 촉 하고 살짝 입을 스치곤 말했습니다

설마 임신해가지고 바람 피우진 않겠지? -_+ - 소민

아니야. -O-;; - 수영

소민녀석은 마지막으로 결정타를 날렸습니다……

돼지가 아기 낳을 거니까 아기돼지겠네~. 아니 아니, 오리니까 미운오리새끼들인가? 푸하하핫~. 〉ㅁ〈! - 소민
녀석의 장난기는 멈추지 않을 듯합니다. -_-;;

#110

문단속 잘하구 있어. 나 12시 안엔 올게. –_– – 소민

응~ 응~. 잘 갔다 와~. 〉ロ〈!! – 수영

물 꼬박꼬박 먹어. –_+ – 소민

응……. –_–;; – 수영

오늘은 녀석이 MT 가는 날……. =ロ=.

녀석은 걱정되는지 계속해서 잔소리를 해대더니 결국 –_–;; 약속

시간을 10분이나 넘긴 뒤 마구 뛰어갔습니다. –_–.

우하하하 자유다!! 〉ロ〈!! – 수영

전 자유의 외침을 크게 소리 지르고 –_–; 녀석이 물을 담아놓았던

물통들을 몽땅 쓰레기통에 버렸습니다. –_–

물, 안녕! (–_–)/

아싸~. 〉_〈 지희한테 놀러오라구 해야지~. – 수영

뜨르르르~ 신호음과 함께…….

여보세요? 지희야~. 〉_〈 – 수영

수영이니? –_–^ – 민호

어라라~? –_–;; 왜 민호오빠가 받지? 그리고 잔뜩 화난 목소리

다……? ㅇロㅇ;;

저. 수영이에요 오빠. 지희……. – 수영

지희 지금 못 만나거든? - 민호

잔뜩 가라앉은 목소리……. 무언가 화를 참고 있는 듯…….

권지희…… 너 또 남자랑 놀다가 걸렸구나? -_-……

네네. -_-;; - 수영

그럼……. - 민호

달칵거리는 차가운 신호음이 제 고막을 거쳐 달팽이관으로 가는 순간 뇌에서 소리쳤습니다.

"띠파…… 엿됐다……." -_-;;;;

전 지금 굳은 결심을 했습니다.

지희네 집에 가서 둘의 싸움을 말리자……. +_+ (얼마나 심심했으면. 쯧쯧쯧 -_-;)

뒤뚱뒤뚱 -_-;; 거리며 입에 아이스크림을 물고 걸어가자 아이들이 절 절망시키는 말을 내뱉더군요…….

와~ 얘들아 오리다!! -O-!! 오리 궁둥이다!! -O-!! 오리가 임신했다!! -O-!! - 아이들

-_-+ 니네 저리 안 꺼져!??!?! - 수영 (수영에겐 언어순화교육이 필요하다 -_-;)

와와~ 오리가 화났다~. -O-!! 오리구이 되겠다!! -O-!! - 아이들이…… 이 띠팔 것들이……. -_-^

전…… 그 아이들을 살며시 째려봐 -_-;; 주며 뒤뚱뒤뚱 지희네 집을 향했습니다.

지희야~ 나 왔어~. -O-!! 민호오빠~. - 수영

어? -_-;; 문이 열려 있네? O_O;;

문을 열자마자…….

퍼억!!

−_−…… − 수영

시방 내 얼굴에 헤딩한 이것은 뭐라다냐? −_−^

문을 열자마자 제 얼굴로 날아온 것은 베개……. −_−^ 날아온 근원지를 보니 지희 방이다……. =ㅁ=;;

문을 빼꼼히 열어보자…… 민호오빠가 잔뜩 화난 표정으로 ㅈ희를 바라보고 있고 지희는 민호오빠를 살며시 째려보며 잔뜩 화를 참고 있는 듯했습니다.

전 슬슬 숨어서…… −_−;; 둘의 싸움을 지켜봤습니다.

너…… 도대체 왜 그러는 거냐? − 민호

뭘! 뭘!! >ㅁ<!! − 지희

내가 너한테 부족하냐? − 민호

순간…… 고등학교 때…… 한번 보았던 민호오빠의 차가운 눈빛이 스치는 걸 볼 수 있었습니다……. 소민녀석이 말하길 민호오빠의 눈빛이 달라지면 그건 정말 화난 거라고…… 자기도 그땐 말킬 수 없다고 했는데…….

내가 민호오빠한테 화난 건 뭔 줄 알아? − 지희

뭔데……? − 민호

왜 내가 친구들이랑 놀고 있을 때 막 갑자기 나타나서 질질 끌고 가냐구!! −O−!! − 지희

넌 남자가 친구냐? − 민호

그래! 난 남자가 친구다! 어쩔 거야!? 나한텐 그애들도 소중한 친

구라구!! - 지희

민호오빠는 잔뜩 억눌린 목소리로 말했습니다.

내가 여자들이랑 놀면 좋겠냐? 그리고 내가 그 여자들을 친구라고 하면 좋겠어? - 민호

그래! 좋아! 좋다구!! -_-+ - 지희

권지희……. 이 상황파악도 못하는 년. -_-; 지금 민호오빠 화난 거 참고 있는 거 안 보이냐? -_-+

순간, 민호오빠는 벌떡 일어났습니다.

뭐야! - 지희

그래 좋아……. 좋다구? 그래…… 나도 오늘부터 니 기분 좋게 만들어주지. - 민호

민호오빠는 문을 파악!! 열어 젖혔습니다.

덕분에 전 -_-;; 그 문에 머리를 박았고, 민호오빠는 잔뜩 화난 눈으로 외투를 집어던지고는 문을 콰앙!! 닫으며 사라졌습니다.

민호오빠 이렇게 화내는 모습 처음 봅니다. 정말 단단히 화났나 봅니다……. =ㅁ=;;

야. 지희야……. - 수영

어 수영아. 언제 왔니? - 지희

지희는 민호오빠 앞에서 당당했던 모습은 어디론가 사라지고 수척해진 얼굴로 절 맞았습니다.

너…… 정말 왜 그러니? - 수영

뭐가? - 지희

너 민호오빠 같은 꽃미남 놔두고 왜 자꾸 쓸데없는 남자들이랑 노

는 건데? - 수영

걔네는 친구야!! - 지희

전 혀를 쯧쯧 차며……. -_-;;

너 이제 큰~ 일 났다. -_- 민호오빠 고등학생 때 바람둥이였다는
거 잘 알고 있으면서 왜 그러니? -_-^ 그나마 민호오빠가- 너랑 사귀
고 나서 사람 됐다고 소민오빠가 말하던데……. 너 이제 진짜 큰~
일났다! -0- - 수영

시끄러! -_-+ - 지희

전 계속해서 쫑알쫑알 미주알고주알 지희에게 잔소리를 해대기 시
작했습니다. -_-

솔직히 민호오빠 같은 남자가 어딨냐? 넌 복 받은 거야 이 눈아~.
-_- 너 민호오빠랑 다른 여자랑 놀면 좋다고 했지? 민흐오빠 이제
바람피운다~ 바람피운다~. -0-! - 수영

유수영!! 시끄럽다고 했지!! - 지희

딸꾹~. O_O;; - 수영

전 놀란 눈으로 지희를 쳐다봤습니다.

지희는 피곤한 듯 웨이브진 머리를 마구마구 헝클어뜨리며 말했습
니다.

나도 미안하다고 사과하고 싶은데 자존심이 허락을 안 해……. 정
말…… 멀대한테 미안한데, 미안하다고 말하고 싶은티…… 그게
안 돼……. - 지희

자존심 때문에 사랑하는 남자를 버리겠다고? 너 참~ 잘하는 짓이
다! -0-!! - 수영

지희는 절 힐끗 쳐다보며 말했습니다.

너 갑자기 아줌마 됐다? -_-^ - 지희

뭐? -_-;; - 수영

맞잖아. 아줌마의 특징 중 하나가 수다 절라 잘 떠는 거잖아. -0-
너 옛날엔 딥따 조용했는데 지금은 딥따 시끄러. -_- - 지희

흠흠. -_-; 아무튼…….. 민호오빠한테 전화해서 니가 먼저 미안하
다고 해봐. -0-- - 수영

전 전화를 쓰윽 내밀며 말했습니다. -_-

지희는 조심스럽게 민호오빠에게 전화를 걸었습니다.

여보세요……. - 지희

누구세요……? - 민호

민호오빠 있는 데가 나이트였는지 시끄러운 음악이 수화기를 통해
들렸습니다. 그리고 웬일인지 민호오빠의 힘이 쭈욱 빠진 목소리
가 들렸습니다.

저…… 저기 나…… 지흰데……. - 지희

뚝……. -_-…….

야!! >ㅁ<!! 왜 전화를 끊어버리는 거야!! - 지희

화 많이 났나봐. -0-;; 나도 소민오빠가 이럴 때 전화 막 끊어버리
고 그랬거든. -_- - 수영

지희는 주섬주섬 외투를 입고 말했습니다.

아무래도 찾아봐야겠어. - 지희

그…… 그래. -0- 근데 나이트 어디 잘 가는지 알아? - 수영

자주 가는데 알아……. 수영아 미안. 이렇게 만삭인 -_-; 몸으로

찾아왔는데……. - 지희

괜찮아~. 괜찮아~. ^-^ - 수영

전 다시 집으로 가기 위해 뒤뚱뒤뚱 걸어갔습니다.

쓰읍……. 민호오빠랑 지희랑 빨리 화해했으면 좋겠는데……. 저 눈치없는 놈 때문에……. -0-

집에 도착하자 어느새 깨어났는지 포도와 쭈봉이가 제 품에 달려들어 불룩 튀어나온 제 배를 마구마구 발로 찼습니다.

아악!! ㅠ0ㅠ!! 아파! 아프다구~. 때리지 마~. - 수영

전 벌떡 일어났다가 -_-; 사료를 바닥에 뿌려주고 다시 침더에 털썩 누웠습니다.

MT 간 소민녀석이 오려면……. 에휴…… 아직도 장장 8시간이나 남았네. - 수영

전 침대에서 뒹굴거리다가 바닥에 퍽! -_-;; 하고 떨어졌습니다.
(수영이 뱃속에 있는 아기…… 불쌍하다 -_-;;)

아악!! -_ㅠ. 아파……. - 수영

몸을 일으키려는 순간…….

윽……. - 수영

배에 강한 진통이 왔습니다.

전 엉금엉금 기어 전화기 있는 곳까지 가서 녀석의 휴대폰 번호를 힘겹게 눌렀습니다.

여보세요……. - 소민

오빠……. 하윽……. - 수영

너, 목소리가 왜 그래……? - 소민 ,

오빠……. 나…… 배…… 배가……. – 수영

너 또 장난치냐? –_–＾ 작작 좀 쳐! – 소민

지금 이 상황에서 장난치게 생겼냐, 짜샤!? ㅠ_ㅠ+

아윽……. 지금은…… 생각도 못할 정도로 아픕니다…….

전 다시 한번 녀석에게 힘겹게 말했습니다.

장난 아니야……. 정말…… 정말 아니라구……. – 수영

소민녀석도 드디어 사태의 심각성을 알아차렸는지 마구마구 소리
쳤습니다.

금방 갈게!! 금방 갈 거야!! 우선 병원에 가!! 금방 갈게 수영아. 병
원에서 기다리고 있어!! – 소민

응…… 응……. – 수영

딸칵 녀석의 목소리가 끊기자…… 또다시 찾아오는 진통…….

전 나가려고 몸을 일으키려 했지만 너무나 심한 고통에 눈물을 주
룩주룩 흘리며 바닥에 널브러졌습니다.

흐릿한 영상으로 포도와 쭈봉이가 걱정스런 눈빛으로 절 쳐다보며
제 볼을 살짝 핥아주는 것 같았습니다.

포도야…… 쭈봉아……. – 수영

그때…… 문이 살며시 열렸습니다.

녀석인가……?

수영누나!! – 현호

너……. – 수영

전 힘겹게 몸을 일으켰습니다……. 아윽……. 너무 아프다…….

현호는 후닥닥 달려와 절 부축했습니다.

놔……. - 수영

지금 아기 낳으려는 거예요? 병원 가야죠!! - 현호

니 도움 필요없어……. - 수영

현호는 절 걱정스레 쳐다봤습니다.

땀으로 머리카락들이 엉키는 걸 느꼈습니다……. 조금씩 정신이 혼미해지며…….

…….

누나!! 수영누나!! - 현호

#111

누나. 조금만, 조금만 더 참아요. - 현호

아윽……. - 수영

병원……. 배가 찢어질 듯한 고통에 눈물이 자꾸만 나옵니다.

소민녀석…… 도대체 왜 안 오는 거야……. 왜…….

자, 수영양……. 조금만…… 조금만 더 참아요……. - 의사

아윽……. - 수영

30분이 지났을까……. 지희와 민재가 헐레벌떡 뛰어오는 소리가
들렸습니다.

수영아!! 유…… 유수영……. - 지희

왜 수술실에 안 들어가는 거예요!! 애 죽으려고 하는 거 안 보여
요!? - 민재

안돼요!! 수술실…… 안돼……. - 수영

순간…… 퍼뜩 스친 건…… 지민이……. 지민이였습니다……. 왠
지…… 왠지 수술실에 들어가면 안 될 거 같아…….

곧이어 소민녀석이 땀을 흘리며 뛰어오는 모습을 보고 전 희미하
게 웃음을 지었습니다.

유수영……. - 소민

오빠…… 왔어? - 수영

진통 3시간 만에…… 녀석이 왔습니다. 이렇게 늦게 온 녀석이 밉긴 하지만…… 왔으니까.

소민녀석 제 손을 꽈악 붙잡으며 절 쳐다봤습니다…….

녀석의 눈엔 잔뜩 걱정과 슬픔이 담겨 있었습니다…….

수영아…… 조금만…… 조금만 더 참아……. 제발…… ― 소민

의사가 조용히 절 남겨두고 밖으로 내보내더군요…….

까아아아악!! ― 수영

미칠 듯이 아파서……. 너무 아파서 결국 크게 소리를 질렀습니다.

민재가 저 있는 데로 들어가려는 소민녀석을 말리는 걸 듣곤 힘이 빠져 헉헉거리며 기진맥진한 상태로 침대에 누워 있었습니다…….

몇 분 안돼…… 굉장히 어둡고 슬픈 표정의 소민녀석이 들어왔습니다…….

왜…… 그런 표정을 짓고 있는 거야……?

수영아……. ― 소민

오빠…… 어디 갔었어……. 무서웠단 말야……. ― 수영

소민녀석은 제 손을 꽈악 잡으며 조용히 말했습니다.

아기…… 아기 포기하자…… 응? ― 소민

뭐? ― 수영

찢어질듯 아프던 고통도…… 미친 듯이 고통을 주던 그 느낌도…… 잠시 멈췄습니다…….

무슨 소리야……. 하윽……. 오빠는 아기…… 아기 너무너무 가지고 싶어했잖아. ― 수영

소민녀석의 눈에 눈물이 고였습니다.

난…… 난 …… 아기보다 니가 더 소중해……. – 소민

하……. 하하하……. 하……. – 수영

너무 어이가 없어서 웃음이 나왔습니다.

동시에 눈물까지 나왔습니다…….

미안해 오빠…… – 수영

수영아……. – 소민

전 결심한 듯 말했습니다…….

아기…… 낳을 거야……. – 수영

수영아…… 안 돼……. – 소민

전 녀석의 볼에 흐르는 눈물을 닦아주며 말했습니다…….

안 죽어……. 난 안 죽어……. 오빠 놔두고 안 죽어…… 아기……
낳을 거야! 오빠……. 응……? – 수영

안돼……. 안된다 유수영……. 나…… 나 화낼 거야……. – 소민

전 녀석의 손을 꽈악 쥐고 말했습니다…….

사랑해 오빠……. 정말…… 정말 사랑해 오빠……. – 수영

빨리 수술실로……. – 의사

콰앙~ !!

무거운 수술실의 문이 닫혔습니다…….

이 기분이었구나…… 지민아. 이렇게 허탈하고 슬픈 기분이었구
나…….

제 팔목에 끼고 있는 링거에 마취제가 놓여지면서…… 전 조용히
눈을 감았습니다……

#112

수영아……?

유수영~!! - 지민

누군가 나를 따뜻하게 불러주는 소리…….

눈을 떠보니……. 지민아……. ㅇ_ㅇ…… - 수영

꿈인가……? 그래…… 꿈인가보다…….

전 지민이의 무릎에 살짝 누워 있었습니다……. 지민이는 제 머리
를 쓰다듬어 주며 말했습니다…….

수영아…… 소민오빠……. 지금 굉장히 아파해……. - 지민

전 말없이 고개를 끄덕였습니다…….

지민이는 여전히 변함없는 미소로 씽긋 웃으며…….

보고 싶었어……. 바보같이…… 너 보고 싶어서. 너 보고 싶어서
잠시……. 잠시 널 부른 거야……. 괜찮지……? - 지민

지민이의 눈엔 쓸쓸함이 묻어나 있었습니다……. 전 눈물을 잔뜩
고이곤 고개를 마구 끄덕였습니다.

나두…… 나두 너 보고 싶었어 지민아…….

환상인지 착시인지 모르겠지만…… 지민이의 뒤에는 날개가 날려
있다. 하얀 날개가…….

내가…… 내가 널 지켜줄 거야……. 지희두……. 민호오빠…… 소

민오빠 그리구…… 민재까지……. - 지민

지민아……. - 수영

가자……. 가야 돼. ^-^ - 지민

전 지민이의 손을 꽈악 잡았습니다…….

푹신한 느낌의 바닥을 조심조심 걸어가다가…… 지민이가 갑자기 멈추며 말했습니다…….

수영아……. 한 가지만…… 내 부탁 들어줄래? - 지민

응……. 응……. ^-^ - 수영

지민이는 살짝 웃으며…….

민재한테…… 사랑한다구…… 정말…… 사랑한다고 전해줄 수 있니? - 지민

지민아……. - 수영

지민이는 하얀 순백색의 옷을 입고 손으로 쓰윽 눈물을 닦으며 말했습니다.

잘 있어……. 잘 있어 수영아……. - 지민

지민이가 손을 놓는 순간…… 제 몸은 어디론가 빨려 들어가는 듯했습니다……. 그리고 번쩍 눈이 뜨여 주위를 둘러보니…….

유수영!! - 소민

오빠……. - 수영

저를 와락 안는 녀석…….

전 별다른 반항도 하지 않고…… 녀석의 품에 가만히 안겨 있었습니다…….

너…… 사람 이렇게 말려 죽이려고 작정했냐? 의사는 금방 깨어난

다고 했는데…… 왜 이렇게…… 뜸들이면서 늦게 깨어난 거
야……. - 소민

전 녀석을 떼어놓고 씽긋 웃으며 녀석의 눈에 고인 눈물을 닦아주
었습니다.

왔잖아……. 이렇게 왔어……. 오빠…… 울지 마……. - 수영

…….

…….

와~ 이게 내 아기야? ○_○. - 수영

그래……. ^-^ 딸이야……. - 소민

깨질 듯…… 부서질 듯…… 너무나 소중한 아기……. 눈은…… 녀
석을 닮은 듯했습니다.

미역국 맛없어……. -_-. - 수영

그래두 먹어! -_-+ - 소민

전 녀석의 앙탈 때문에 그저 입안에 쑤셔 넣었습니다……. 싱글벙
글인 녀석을 보며…… 저도 괜히 웃음이 나왔습니다…….

수영아…… 미안하다. - 소민

뭐가? - 수영

니가…… 힘들 때 내가 옆에 있어주지 못했어……. - 소민

전 씨익 웃으며…….

지금…… 이렇게 오빠가 내 옆에 있어주는 게 날 기쁘게 해주는 거
야, 알아 오빠? - 수영

막 녀석과 러브러브 분위기에 돌입하려는 순간……. -_-;;

수영아~. >ㅁ<!! 나 왔어!?!? -_-;; - 민재

이민재…… 니가 여기 웬일이냐? -_-+ - 소민

아아! 그만! 오빠 그만! -_-;; 민재야 잠시 들어와. 너한테 꼭 할말이 있어. ^-^ - 수영

전 소민녀석을 밖으로 보내고…… 열심히 사과를 깎고 있는 민재를 바라보았습니다…….

지민아…… 보고 있니? 민재…… 지금 내 옆에 있어.

민재야……. - 수영

잠깐만! 잠깐만! >ㅁ<!! 나 지금 사과껍질 길게 깎는 거 도전중이란 말야!! - 민재

수술실에…… 마취되었을 때…… 지민이…… 만났어……. - 수영

민재는…… 순간 칼에 손을 베인 채…… 절 쳐다봤습니다…….

손가락에서 붉은 피가 뚝뚝 떨어졌지만 민재는 아무런 관심도 없는 듯 오직 흔들리는 눈동자로 제 얼굴만 쳐다봤습니다…….

민재야!! 손!! - 수영

말해봐……. 한지민…… 만났다고……? ……뭐래…… 뭐라고 그래!! - 민재

민재는 아픔도 잊은 채 절 쳐다보며 말했습니다.

전 슬프게 민재를 바라보고 말했습니다.

사랑한대……. 너 정말 사랑한대……. 그리고 우리 모두를…… 사랑하고 지가 지켜줄 거래……. 특히 민재…… 민재 널…… 영원히 지켜줄 거래……. - 수영

민재는 입술을 앙다물고……. 보랏빛 머리칼을 푸욱 숙이며 조용히 제게 말했습니다…….

간다…… 한지민……. 너 있는 곳으로 간다……. - 민재

민재야……? - 수영

민재는 콰앙!! 문을 열고 나갔고 곧이어 놀란 눈으로 들어오는 소민녀석을 보았습니다.

무슨 일이 있었던 거야? 왜 너…… 왜 옷 안 만들고 피가. - 소민

이거…… 칼에 베인 거야. 민재가……사과를 깎다가……. 그래서 묻었어……. 근데…… 근데 오빠……. 민재가 지민이 있는 곳으로 간대……. - 수영

소민녀석의 눈망울이 커졌다가 다시 평정을 되찾은 뒤, 민호오빠에게 뭐라뭐라 전화하고 끊으며 말했습니다.

민호자식이…… 잘할 거야……. 그보다…… 너 몸은 괜찮은 ㄱ냐? -_- - 소민

엉. =□= 많이. - 수영

소민녀석은 제 아랫배를 쓰윽 쳐다보며 말했습니다. -_-

야. -_- 너 이제 배 나온 거 애새끼 때문 아니지? 아…… 절라 뚱뚱해. -_- - 소민

살 뺄 거야!! >□<!! - 수영

아~ 맞다. -_- 너 고등학교 교복 입고 나한테 보여준다 그랬지? 기대하마……. 쿠쿠쿡……. 허리 사이즈가 맞으려나 모르겠다 너. -_-. - 소민

-_-^ - 수영

#113

그럼 아기는 아직 검사할게 남아 있으니까 내일 찾으러 오세요.
^-^ – 간호사

네. ^^ – 수영

드디어 저의 퇴원날입니다. ^-^*

병원에서 심심하면 운동하고 그러고 해서……. 원래 몸매로는 잘 돌아오지 않았지만 –_–;; 대충대충 돌아왔습니다…….

하늘색 원피스를 입고 녀석을 기다리고 있는 중.

왜 이렇게 안 와? –_–^ – 수영

짐을 들고 있는 제 앞에 녹색의 차가 끼이이익~ 하고 섰습니다.

뭐지? –_–;;

놀라서 내리는 사람을 쳐다보니…… 현호……?

누나……. ^-^ – 현호

너 여기 왜 왔니? –_–^ – 수영

누나. 너무하네요……. 내가 누나 병원에 안 옮겨 줬으면 누나 지금 이렇게 멀쩡하진 않았을 텐데……. 흐흠. – 현호

어? –_–;;

갑자기 이미지가 변했다?

그…… 그래……. 고마워. – 수영

현호는 뒤에서 갑자기 튤립다발을 꺼냈습니다.

자요. 퇴원한 거 축하하는 거예요. ^-^ - 현호

전 분홍색 튤립을 받아들고 어색하게 웃으며…….

고…… 고맙다……. -_-;; - 수영

그때…… 갑자기 숨이 차는 듯 어디선가 헉헉거리며 달려오는 소민녀석……. -_-;;

손에 무언가 들려있다?

오빠!! 〉_〈!! - 수영

순간…… 끼이이익~ 하고 서는 녀석……. -_-;;

현호와 저를 한번 쓰윽 쳐다보더니 갑자기 뒤를 돌아 다구마구 도망가기 시작했습니다…….

뭐…… 뭐야. =ㅁ=;;

오…… 오빠!! 어 어디 가!! - 수영

전 녀석을 마구마구 뒤쫓았고…… 녀석은 갑자기 멈춰 저를 쳐다봤습니다. -_-;;

녀석의 손엔 잔뜩 시든 장미가 쓸쓸하게 들려 있었고……. -_-;;

전 그걸 본 다음 녀석을 빤히 바라봤습니다. -_-;;

이…… 이거 아무것도 아니야!! ////// - 소민

소민녀석은 옆에 있는 휴지통에 잔뜩 망가진 장미꽃을 던져버렸고…… 전 놀란 눈으로 녀석을 쳐다봤습니다. -_-;;

녀석은…… 아마도…… 현호한테 받은 튤립과 자신의 망가진 장미꽃을 보고 도망친 거 같았습니다. -_-;;

전 조용히 휴지통에 가서 장미꽃을 주섬주섬 꺼내곤 놀란 눈을 짓고 있는 녀석에게 줬습니다.

휴지통 말고 나한테 줘야지. *-_-* – 수영

소민녀석은 피식 웃더니 줄기는 부러지고 잎사귀는 다 떨어졌지만 빨간색만은 이쁜 그 장미꽃다발을 저에게 안겨주었습니다.

전 씽긋 웃으며…….

고마워~. ^-^ – 수영

그러곤 지나가던 여자 꼬맹이한테 튤립다발을 주었습니다.

너…… 이거 가질래? ^-^ 그냥 언니가 주는 거야. – 수영

ㅇ_ㅇ……? 네!! – 여자 꼬맹이

소민녀석은 그런 절 쿠쿡…… 거리며 보고 있었습니다.

꼬맹이가 튤립 다발을 가지고 사라지자 전 장미꽃을 매만지며 말했습니다.

오빠. 꽃이 왜 이렇게 된 거야? -_-;; – 수영

차가 고장났는데……. 가야 하긴 가야겠고……. -_-^ 막 뛰어가다가 어떤 사람이랑 심하게 부딪쳐서 나뒹굴다가……. 꽃 들고 마구마구 뛰어왔는데…… 현호자식이 너한테 삐까번쩍한 꽃다발을 주잖아……. ///// 그…… 그래서 내 꽃다발 초라해서 다시 사오려고……. – 소민

그리고 보니 녀석의 회색 정장이 흐트러져 있었습니다. -_-;

전 녀석의 넥타이와 옷을 깨끗하게 털어주고 씨익 웃으며…….

초라하긴 뭐가 초라해, 이쁘기만 한데. 뭐. ^-^ – 수영

녀석은 제 어깨를 다정하게 감싸주고 제가 제일 좋아하는 녀석만의 미소를 지으며…….

니가 더 이뻐. ^-^ – 소민

지…… 진짜? *=ㅁ=* – 수영

아니. –_– – 소민

–_–^ – 수영

지하철을 타고 집에 오는 길…….

녀석은 제 어깨에 있는 손을 한번도 내리지 않고…… 계속 주절주절 수다를 떠는 절 바라보았습니다.

볼을 쭈욱~ 늘려보기도 하고, 손을 꽈악 잡고 마주보기도 하고…… 머리를 쓰윽 쓰다듬고 재미있다는 듯 웃었습니다. –_–;

왜 그래? –_–; – 수영

아니…… 신기해서. – 소민

뭐가. –ㅁ–– 수영

아니 그냥……. 그런 게 있어. ^-^ – 소민

–_–? – 수영

아리송한 말을 하는 녀석을 쳐다보고 집에 돌아오자 절 반겨주는 포도와 쭈봉이가…… 없어…… ? –_–;;;

오빠. 포도랑 쭈봉이가 없어? –_–;; – 수영

어. 한 달간만 아빠가 맡고 계시겠대. –_– 아기한테 강아지 털이 안 좋다네. – 소민

응……. – 수영

집이 더러울 줄 알고 마음 단단히 먹고 왔건만 오히려 더 깨끗했습니다…….

녀석이…… 나 없는 동안 청소했구나.

식탁에 있는 토스터와 빵을 보며…… 그동안 밥도 못해먹었구나
하고 −_−;; 한탄했습니다.

오빠, 뭐 먹고 싶어? −_− − 수영

야, 오늘은 외식하자. − 소민

돈이 어딨어? −_−. − 수영

가자면 가는 거야. −_−＾ 이쁘게 입고 나와. − 소민

으응……. −_−;; − 수영

귀여운 인디언풍 치마를 입고 어느새 허리에 닿을 듯 말 듯 자란
머리카락을 양쪽으로 살짝 땋은 머리를 했습니다.

입에는 오렌지색 립글로스를 바르고 분을 툭툭 −_−;; 바른 다음 나
오니 녀석이 편한 캐주얼 차림으로 기다리고 있더군요. −_−;;

왜 이렇게 늦은 거야……? 너…… 머리……. − 소민

헤헤헤~ 이뻐? ＞_＜* − 수영

풀어. −_−＾ 머리 풀어!! − 소민

왜? 왜……? ㅠ_ㅠ. − 수영

전 필사적으로 땋은 머리를 지켰습니다. 결국 녀석의 고집을 꺾었
습니다. −_−; 전 웃으며 데님가방을 들고 녀석의 팔에 팔짱을 낀
다음 녀석을 쳐다봤습니다.

오빠, 어디서 밥 먹어? ○_○ − 수영

밥을 왜 먹냐? −_− − 소민

외식하자며……. −_−;; − 수영

아…… 그랬지. −_−;; 뭐 먹고 싶냐? − 소민

전 곰곰이 생각했습니다.

아…… 붕어빵도 먹고 싶다……. -_-. 떡볶이…… 순대……. 하지만 -_-; 그동안 꿈에 그려왔던 음식을 먹어야겠지? +_+!! 돈가스 정식 스페셜!! >ㅁ<!! - 수영

그래그래. -_- 가자. - 소민

돈가스 전문점에 들어가 '스페셜 2개요!!' 라고 기쁘게 소리치고 -_-; 웃으며 기다리고 있는 중입니다.

녀석이 물을 먹다가 절 바라보며…….

그렇게 좋냐? -_- - 소민

그럼~. 그동안 병원에서 그 미끌미끌한 미역국만 매일 먹어서 정말 싫었어~. >_< - 수영

어? 안소민!! - 민호

민호오빠다. +_+;;

머리 스타일이 검은색으로…… 바뀌었다.

아…… 검은색으로 바뀌어도 여전히 멋있구려……. 쓰읍~. *@ㅠ@*

너 민호 그만 봐라아~? -_-+ - 소민

흠흠……. -_-;; - 수영

웬일이야? ^-^ 아…… 수영아. 애기는 어때? - 민호

조…… 좋아요. ^^ 내일이면 같이 살게 돼요~. - 수영

하루 전에 아기를 보고 너무 좋겠다며 아양을 떨던 -_-; 민호오빠는 딸, 여자라는 말에 두 눈을 번쩍 떴습니다. -_-;;

하지만 그런 낌새를 눈치 챈 소민녀석이 머리를 픽~ 치며…….

너 로리콤이냐? -_-^ 내 아기는 안될 줄 알아. - 소민

(*로리콤: 어린아이들만 좋아하는 변태적인 사람들 -_-;)

근데 민호오빠. – 수영

왜? – 민호

지희랑 화해했어요? O_O. – 수영

민호오빠는 먹던 물을 식탁에 콰앙!! –_–; 놓는 걸로 대답을 마무리했습니다. –_–;

야야~ 유수영. 얘네 키스도 안 해봤어~. –_–; 뽀뽀만 몇 번 했지. –_– 입술만 대고 있는 거. – 소민

진짜요? O_O. – 수영

순수하니까 그런 거야. –_–* – 민호

소민녀석은 피식 웃으며……

참 나. –_–…… 사귄 지 2년이나 된 것들이 키스도 못해 본 게 순수한 거냐? –_– 멍청한 거지. – 소민

마침 돈가스가 나와 전 우물우물 맛있게 먹으며 두 사람의 말을 들었습니다. –_–

수영이는 순종하는 타입이라 괜찮지!!

지희는 도도하다구!! – 민호

우리 수영이가 도도하지 않단 말로 들리는데? –_–^ – 소민

켁켁!! 〉ㅁ〈;;; – 수영

무…… 물~ 물~ 거럭 거럭~. @0@!!

수영이는 니 하자는 대로 다 해주니까 편하지!! 하지만 지희는 절대 아니라구!! – 민호

수영이도 튕길 때 있어. –_–+ – 소민

나…… 죽네~. @0@!!

무…… 물!!

그럼 아냐? -_-^ 난 개 성질 때문에 미쳐. - 민호

수영이도 꽤 귀엽게 도도하다니깐! -_-+ 근데 유수영 ……. -_-.

너 얼굴이 왜 그렇게 새파래? -_- - 소민

무…… 물~!! @ 0 @!! - 수영

소민녀석이 어디선가 가져온 물을 -_-; 저에게 던져줘 -0-; 꿀꺽
꿀꺽 그걸 마시고 살았습니다. -_-;;

그리고 저는 다시 돈가스를 먹으며 -_-; 둘의 싸움을 흥미 있게
바라봤습니다.

그래! 니네 잘났다! 키스한 게 뭐 대수냐!? - 민호

우린 아기도 낳았어. -_- - 소민

빨라서 좋겠다 짜사. -_-+ - 민호

우물우물……. —.— - 수영

전 소민녀석의 돈가스까지 먹으며 -_-; 그리고 나중에 나온 디저
트까지 열심히 먹고 -_-; 아직도 끝나지 않은 남자들의 말다툼을
보고 있습니다. -_-;

우리 수영이는 순진한 게 매력이야!! - 소민

순진한 게 따로 되면 바보라는 거 알지? -_-^ - 민호

너 가!! -_-+ 왜 와서 분위기 깨고 그래! - 소민

간다, 가! -_-+ - 민호

민호오빠가 사라지고 나서 -_-; 그제서야 돈가스를 먹으려던 소
민녀석……. -_-;;

깨끗하게 빈 접시를 보고 -_-; 절 쳐다봤습니다.

니가 먹었냐? _…… 소민

( ) (_) ( ) (_) 수영

말없이 고개를 끄덕이는 절 보고 소민녀석은 한숨을 푹푹 쉬며 디저트로 나온 아이스크림이라도 먹으려고 숟가락질을 했습니다. 하지만 _; 이를 어찌하랴…… 그것까지 이미 내가 다 먹어버린 것을……. ▬,.▬;;

소민녀석은 _; 텅 비어 있는 돈가스 접시를 보며 저에게 소리쳤습니다…….

야!! 니 종족을 먹고도 기분 좋냐!?!??!! 소민

내가 무슨 돼지 종족이야!! πΟπ!! 수영

그날……. _;;

돼지냐, 오리냐에 휘말린 저였습니다. _;;;

#114

baby story

아가야…….

아빠랑…… 엄마는……

정말 널 사랑해…….

〈육아일기〉

응애~ 응애~ 응애~ !! 〉ㅁ〈!! – 아기

벌떡!! – _–^

으악!! 잠자고 싶어!! 잠자고 싶어!! ㅠㅇㅠ!! – 수영

그래그래~ 아기야……. 쉿~. 자자. 자자~. – 소민

– _–^ – 수영

아아아아아악!! +ㅁ+!!

이놈의 아기는 밤마다 울고 자빠지고 지랄입니다. – _–^ (진정 엄

마인가…… – _–;)

그래그래~ 울지 마~. 그래~. – 소민

소민녀석은 – _–^ 밤마다 울어 젖히는 아기를 안고 언제나 웃으며

달래고 있습니다. – _–.

아기는 제가 안으면 울고 녀석이 안으면 안 울고 까르르르~ – _–^

절라 소름끼치게 웃습니다. −_−^

쉑! 여자라서 남잘 밝히는 건가?!

어. 이제 잔다. ^−^ − 소민

아참! −_− 참고로 우리 집 딸내미 이름은 안소아입니다. −_−

소야~ 소야~ 쿠쿠콕. −_− 아무리 봐도 이름 웃겨. − 수영

소아가 어때서 그러냐!? −_−+ 그리고 얘 이름은 소야가 아니라 소
아야! −_−+ − 소민

소아를 데리고 온 지 −_− 일주일이 지나서야 −_− 서재에 처박혀
이름 짓기 대작전을 벌이고 있던 녀석이 −_− 안.소.아. 라는 이름
석자를 가지고 나왔습니다. −_−

결국…… −_−. 저휜 새벽까지 잠도 못자고 끙끙대다 아침에 눈밑
이 퀭~ 한 얼굴로 −_−;; 밥을 차렸고……. −_−

아유~ 우리 소아~. 귀여워라~. − 소민

귀엽기는……. 징글징글하구먼. −_−^ − 수영

야! 너 엄마가 돼서 하는 말이 그게 뭐냐!? −_−+ − 소민

우물우물……. —.,— − 수영 (외면 −_−;)

갑자기 띵동~ −_− 거리는 벨소리가 울려 퍼졌습니다. −_− 나가
서 문을 열어보니…….

나 왔어~. 〉_〈!! − 다연

전 −_−. 다연이를 한번 쓰윽 쳐다본 다음 다시 문을 닫았습니다.
−_− 쾅쾅쾅!! 발로 문을 두드리는 다연이의 발광소리가 울려퍼졌
고……. −_−^

열어!! 열라구!! 왜 문을 닫는 건데!! − 다연

어서 와. -_-^ - 수영

전 어쩔 수 없이 문을 열어줬습니다. -_-

다연이……. 키 많이 컸습니다. -_-. 초등학생 띵까고 중학교 다
닌다는데, 그것도 다 머리가 좋아서랍니다. -_-^

소아야~ >_< 다연언니 왔다!! - 다연

다연이는 무남독녀라서 그런지 -_- 동생을 엄청 좋아합니다. -_-
그래서 심심하면 소아 찾아옵니다. 하지만 소아는 그런 다연이를
귀찮아하는지 싫어하는지 몸을 뒹굴~ -_- 하고 굴려 아예 외면해
버립니다. -_-;;

다연이랑 소아랑 친하나 보네~. ^-^ - 소민

-_-;;; - 수영

소민녀석…… -_- 저거 안 보이나? 소아가 몸을 뒤집어 다연이를
외면하고 있는 것을……. -_-;;;;;

곧이어 반가운 목소리가 또 울려퍼졌습니다. -0-

누나아~. >ㅁ<!! - 수민

어, 수민이 왔니? -_- - 수영

수민이는 절 꼬옥~ 껴안고 10초간 있다가 그걸 못마당하게 쳐다
보는 소민녀석에게 혀를 날름 내밀며 메롱~ -_-; 하그는 소아에
게 달려갔습니다. -_-;

소아는 수민이를 보자 몸을 다시 뒤집어 -_-;; 까르르르르~ 웃어
줍니다. -_-;;

그리고 수민이한테 안아달라고 손을 내밀었습니다…….

무…… 무서운 것……. -_-;;

남자를 밝히는 버릇이 어떻게……. −_−;; (아마도 수영이에게 유전된 것 −_−;)

수민이는 소아를 귀엽다는 듯 받아들며 저에게 말했습니다.

입술이 누나 닮았어~. 〉_〈 − 수민

까르르르르~. −_−;; − 소아

소아는 수민이의 어깨에 찰싹! −_−; 붙어서 기쁨의 웃음을 계속 지었습니다……. −_−……

전 수민이에게 우유병을 건네주며 −_− 말했습니다.

이거 먹여줘. −_− 쟤는 여자가 먹여주면 안 먹어. − 수영

진짜? ○_○. 소아야~ 맘마 먹자~. 맘마~. − 수민

소아는 꿀꺽~ 꿀꺽~ −_−; 잘 먹더랍니다.

다연이는 마구마구 뛰며……

나두~ 나두~. 〉_〈!! 나두 먹여볼래~. − 다연

수민이는 조심스레 다연이에게 소아를 안겨줬고…… −_−. 소아는 잠시 울상을 지었습니다. −_−;;

소아야~. −○− 맘마 먹자~. 맘마~. − 다연

(−_−) −소아

−_−;;;;; − 다연

소아는 다연이의 우유병을 거부했습니다. −_−;;

수민이가 다시 안아들어 우유병을 주자 꿀꺽~ 꿀꺽~ −_− 잘도 먹더군요. −_−;;;

다연이는 충격을 먹었는지 저에게 다가오며 말했습니다. −_−

어린 게 벌써 남자·여자 가리네……. −_− 너 닮았어. − 다연

-_-;;;; - 수영

두 명의 불청객들이 -_-^ 사라지고, 소아는 소민녀석의 품에서 잠들어 있었습니다. -_-

소민녀석은 소아를 귀엽다는 듯 바라보다 침대에 눕혀놓고 저에게 오며 말했습니다.

너…… 교복 입는다 그랬지? -_-- 소민

흠칫! -_-;; - 수영

자~ 빨리 입구 와~. -_- 기다리고 있을게~. - 소민

오빠. -_-. 내 허리에 저 치마가 들어갈 거라고 생각해? - 수영

전 스스로 돼지임을 인정했습니다……. ㅠ_ㅠ (비참 -_-)

녀석은 씨익 웃으며…….

실밥이 터지고 치마가 찢어지더라도 입긴 입어. ^-^ - 소민

무…… 무서운 놈……. -_-.

전 방에 들어가 숨을 후웁~ ⊙_⊙ 마신 다음 치마에다 그럭저럭 맞는 교복 윗도리와 조끼를 입고 거울 앞에 섰습니다…….

아, 치마가 무릎에서 3cm나 올라간다. -_-;

전 조심조심 방에서 나왔습니다. -_-;; 배에 강한 힘을 주고 -_-;

오…… 오빠……. -_-. - 수영

소민녀석 눈이 동그래져서 절 쳐다보더니 손가락을 까닥까닥 절 불렀습니다. -_-;

전 소파에 털썩 앉았고…… =ㅁ=;; 소민녀석은 갑자기 절 꼬옥~ 껴안았습니다. -_-

옛날 모습 그대로구나……. - 소민

−_−;; − 수영

전 배에 힘을 더욱더 주었습니다. −_−;

녀석은 제 허리를 감싸 안고 손으로 제 입술을 만지작거리다 살짝 벌려진 입을 녀석의 입으로 덮쳤습니다. =ㅁ=;;

우읍!! 으읍!! @ 0 @!! − 수영

녀석의 손이 제 허벅지로 슬금슬금 들어가고 있었고…… −_−;; 전 당황해서 마구마구 반항했습니다.

녀석의 손이 제 가슴으로 막 올라가려는 순간 투둑……. −_−…….

너무 반항을 심하게 한 것일까? −_−;; 교복 단추와 치마가 살짝 찢어졌습니다……. −_−;; (과연 살짝일까? −_−)

전 당황해서 손으로 교복과 치마를 부여잡았고 소민녀석은 히죽히죽 웃으며……. −_−;;

벗기려고 힘쓸 필요도 없어졌네. ^-^ − 소민

@ 0 @ !! − 수영

녀석은 제 목에 입술을 대고 마구마구 비볐습니다. *−_−*

전 순간적으로 움찔움찔거리며 녀석의 옷을 꽈악 부여잡았고…… −_− 녀석은 살짝 살짝씩 목 아래로 내려오고 있었습니다.

응애!! − 소아

번쩍!! −_−;;;;

저와 소민녀석은 둘 다 벌떡 일어섰고 서둘러 소아가 누워 있는 방으로 들어갔습니다. −_−;;

소아는 아기용 침대 속에서 이리저리 뒹굴거리며 −_−; 발광하고 있었습니다. −_− 전 당황해서 소아를 안아들고 등을 토닥토닥거렸지만 -_-^ 소아는 울음을 멈추지 않고…….

줘봐. 내가 해볼게. - 소민

소민녀석이 안아 들자…… -_- 그렇게 울던 소아가 눈물을 뚜욱~ 그쳤습니다…….

이…… 이 가시나……. 이…… 이럴 생각이었구나. -_-^ 나와 녀석의 러브러브를 방해하려고!! @0@!! (아기한테 이게 무슨 -_-;)

소아는 녀석의 품에 안겨 녀석이 저에게 뽀뽀하려고 하면 마구마구 울부짖었고 -_-^ 녀석과 제가 말만 나눠도 마구마구 울어젖혔습니다…….

이…… 이…… 더 이상은 못 참아!!

유…… 유수영!! 지금 뭐하는 거야!! +ㅁ+;; - 소민

뭘!! 캬악!! @ 0 @!! - 수영

의자를 집어들고 막 소아에게 던지려는 찰나 -_-;; 소아논의 구세주 -_-^ 녀석이 나타나 의자를 내려놓으며 말했습니다.

얘 죽일려고 작정했냐? -_-^ 니가 소아 낳을 때 그랬잖아. 소아 포기하자고 그랬을 땐 꼭 낳겠다고 -_- 그러더니…… 낳고 나서 잡아 먹을려고 그랬던 거냐? -_- - 소민

씨익~ 씨익~. +,.+ - 수영

전 소아를 휙~ -_- 쳐다봤습니다…….

가증스럽게도…… 소아논은…… 절 향해 한껏 비웃음을 던지고 있었습니다. -_-

…….

…….

죽었어……. −_−^
캬아악!! 니가 무슨 내 딸이야!! 〉口〈!! − 수영
야!! 유수영!! +口+;; − 소민
정신없는 하루였습니다. −_−…….

제2장
수영아! 정신차려!

#115

가희. 번외. 집착

안녕.
박가희라구 해. 잘 부탁해. - 가희
친구란 거……. 나에겐 아무런 필요가 없었던 거 같다.

가희는 비어있는 뒷자리에 앉아라. ^-^ - 선생
네……. - 가희
어두운 얼굴로 빈자리에 앉았다…….
선생이 나가자 우르르 몰려오는 아이들…….
이름이 박가희니? ㅇ_ㅇ 이름 이쁘다~. ^-^ - 아이1
어디 살다 왔니? ㅇ_ㅇ. - 아이2
……. - 가희
이런 친절함은 나에게 익숙하지 않다…….
난 말없이 일어나 옥상으로 조금씩 걸어갔다. 옥상문을 여는 순간
시원한 바람이 나를 스쳤다.
야. 그래서……. -_- 니가 그 꼬맹이 아직도 찾고 있는 중이라는
거야? - 민호

그렇지 뭐……. 후……. −_− − 소민

살짝 벽 뒤에 숨어서 바라보니…… 잘생긴 두 남자가 옥상에 기대 무언가 말하고 있었다. 그중에 검은 머리칼을 가진 남자와 눈이 마주쳤다.

난 순간적으로 벽 뒤에 숨어 앉아 있었고, 갑자기 어두워지는 풍경에 위를 바라보니…….

너…… 뭐냐? − 소민

안소민…… 그와 나의 첫 번째 만남이었다.

…….

……

전학 왔다고? ㅇ_ㅇ − 민호

응……. − 가희

아~ 그래서 명찰도 달지 않고 있었구나. ^−^ − 민호

따뜻한 아이다……. 갈색 머리칼을 살짝 살짝 흔들며 보이는 눈웃음이 매력적인 아이였다.

민호는…… 나 같은 애…… 어떤 애란 거 알면…… 이렇게 날 보고 웃어주지도 않을 테지…….

그날 이후로 민호와 소민이와 굉장히 친해졌다. 언제나 셋이 붙어 다녔고…… 일진회도 셋이 같이 들었다…….

그리고…… 1년 후…….

좋아해……. 좋아한다 박가희. − 민호

뭐? − 가희

갑작스런 민호의 고백……. 하지만 민호의 얼굴은 고백하는 사람

치곤 굉장히 어두웠다.

난 알고 있었다. 어쩔 수 없이 나와 사귄다는 걸……. 딘호는……
날 그냥 친구로밖에 생각 안 하지만…… 일진회를 이끌어가기 위
해서 날 애인으로 받아들였다는 걸…….

난 그 생각이 퍼뜩 지나갔지만…… 쓸쓸하게 웃으며…….

그래……. - 가희

민호와 난 연인사이란 소문이 파다했고…… 난 사귄다는 명분만
가진 채 날 피하는 민호를 쓸쓸하게 바라보다 결국 옥상으로 올라
왔다.

그곳엔…… 어떤 사진을 보며 살짝 미소를 짓고 있는 소민이 있었
다……. 난…… 소민이가 그렇게 웃는 모습을 처음 보았다.

뭐해? - 가희

어? -_- 아…… 아무것도 아냐. - 소민

뭔데!! 봐봐 !! - 가희

휙~ 뺏어서 본 사진엔…….

여자 사진이었다……. 중학교 입학이었는지 꽃다발을 들고 환하게
웃고 있는 여자아이의 모습…….

줘. 줘! ///// - 소민

누구야? - 가희

왜 그렇게 가슴이 욱신거렸을까?

니가 나말고 다른 여자사진을 가지고 있는 게 너무 질투가 나…….

화가 나…….

가슴을 부여잡고 물어보았다.

눈치도 없는 녀석……. 정말…….

나한테는 한번도 보여주지 않았던…… 환한 미소를 지으며 말했다.

미래의 내 신부……. ^-^ – 소민

…….

……

나쁜 놈……. 안소민 나쁜 놈…….

그렇게 내가 소민이를 좋아한다는 걸 어렴풋이 알아갈 때쯤 민호가 날 놀이터로 불러냈다.

목소리가 무덤덤했다…….

놀이터로 허둥지둥 나가자 그네를 타면서 뛰어오는 날 보고 씨익 웃는 민호였다.

왔어? – 민호

응……. 할말이 뭐야? – 가희

민호는 모래를 툭툭 차면서…… 조용히 말했다.

나…… 전학 간다……. – 민호

그래……? – 가희

왜였을까? 민호의 얼굴이 약간 밝아 보였다…….

하긴…… 사랑도 없는 여자애랑 사귀느라 힘들었겠지.

미안……. – 민호

괜찮아……. 뭘……. – 가희

민호는 날 빤히 쳐다보다 고개를 숙이며 말했다.

조금……. 널 조금 사랑했던 거 같아……. 조금. 이렇게 약간……

마음이 아픈 걸 보면. – 민호

……. – 가희

난…… 민호에게 그 말을 들은 후부터 독해져 갔다.

남자……. 남자라는 게 더욱더 싫어져 갔다. 그리고…… 안소민에 대한 집착도 조금씩 커져갔다.

야 박가희. 숙제 좀 보여줘. –_– 소민

니 숙제는 니가 해야지! –_–+ 도대체 왜 매일매일 내 숙제를 보여줘야 하냐!? – 가희

소민이와 난 어느새 공공연한 연인이 되었다는 소문이 나 있었다. 난 그 소문이 난 걸 좋아했지만 그렇게 소문이 난 걸 안 소민이는 불같이 화내며 소문을 낸 아이들을 싸잡아 죽어라 팬 다음 조용히 말했다.

그런 쓸데없는 소문 따위 다시 한번 퍼트려봐……. – 소민

……. –가희

수업시간만 되면 소민이는 안주머니에 꼭꼭 숨겨두었던 지갑을 꺼내 펴보고는 피식피식 웃곤 했다.

난 그 지갑에 있는 게 뭔지 안다. 차갑고 무뚝뚝한 안소민을 저렇게 웃게 만드는 것. 그건…… 고등학교에 입학한 여자아이가 환하게 웃고 있는 사진이다. 그리고 그 아이의 이름이 유수옇이란 사실도 알게 되었다.

난 엄청난 질투심에 소민이를 옥상으로 불러냈다.

뭐야. 할말 있음 빨리 말해. – 소민

난 침을 꿀꺽~ 삼키고 말했다.

사귀자……. – 가희

무덤덤한 표정으로 날 쳐다보는 소민이…….

난 얼굴이 빨개진 채로 고개를 숙이고 있었고…… 소민이는 조용히 말했다.

미안……. - 소민

그 간단한 말을 남기고 소민이는 뒤돌아 갔다. 난…… 울컥하는 마음에 옥상 난간 위에 올라갔다.

소민이는 놀란 눈을 지으며…….

뭐하는 거야? - 소민

뛰어내릴거야!! - 가희

뭐? - 소민

니가 나랑 사귀지 않으면 뛰어내릴 거라구!! - 가희

난 갑자기 부는 바람에 몸을 휘청거렸고 몸이 공중으로 60% 정도 떨어지려고 하는 찰나…… 내 허리를 감싸는 소민이의 손이 보였다…….

무서워서 눈을 꽉 감고 있다가 조용히 떠보니…… 소민이의 얼굴이 가까이 있었다.

작작 좀 괴롭혀 박가희……. 이제 알았으니까 이런 쓸데없는 짓 하지 마……. - 소민

소민이는…… 내 고백을 받아들였다. 물론 동정이었겠지만…….

소민이는 나와 같이 다닐 때도 유수영이란 아이의 사진을 보여주며 이쁘지 않냐고 자랑을 하곤 했다.

난…… 한마디로 껍데기일 뿐인 여자친구였다. 그냥…… 그냥 여자친구. 하지만 난 껍데기라도 좋았다. 안소민의 여자친구라는 그

말이 좋았다.

그러나…… 나는…… 그 말이 오래 가지 않을 것이란 걸 이미 예상하고 있었다. 바로…… 그렇게 될 것을…….

미안. - 소민

왜!! 왜 가는 거야!? !! - 가희

소민이는 전학을 간다고 했다. 난 격분했고, 왜 가냐고 묻는 말에 소민이는 무표정으로 답했다.

내 신부…… 데리러 가야 하거든……. - 소민

유수영…… 말이니? - 가희

그래……. - 소민

난 눈물을 꾸욱 삼키며 말했다…….

너…… 날 좋아한다고 말해준 적 있어? 너한테 난 뭐였어!? 이렇게 상처 줄 거면 나랑 사귀지도 말았어야 하는 거 아니야!! - 가희

소민이는 날 쳐다보더니…… 씨익 웃으며 말했다.

좋아해……. 그래…… 나 너 좋아해……. - 소민

…….

뭐? - 가희

하지만 내 심장을 도려내는 한마디…….

좋아해. 하지만…… 사랑은 아니야. - 소민

난…… 결국 고개를 푸욱 숙였다.

포기 못해……. 너…… 포기 못해…….

지금…… 지금 잠깐 물러서는 거야.

그래……. 잘 가……. - 가희

고맙다……. – 소민

소민녀석은 뒤돌아보지도 않고 무심히 걸어갔다.

난 눈물이 뚝뚝 흐른 채로 어금니를 꽈악 깨물었다.

포기 못해……. 안소민……. 절대……. – 가희

사랑의 또 다른 면…… 그건…… 집착이다…….

가희. 집착

#116

아직도 화해 못한 거야? – 수영

그렇지 뭐……. 후……. –_–=33 – 지희

오랜만에 학교에 왔습니다. ^-^

제가 아기를 낳았다는 소문이 파다하더군요. –_–;;

소아는 어쨌냐구요? –_–

낮시간만 시우아저씨…… 아니 이제 시아버님이라고 해야 하나요? ^-^ 우리 시버니임~ *–_–* 께서 전적으로 맡아주기로 하셨답니다. 정말 고마운 일이죠.

니네 냉전관계 한 달이 다 되어가……. –_– 어떡할 거야? 혹시 깨지면……. – 수영

쓸데없는 소리 하지 마!! –_–+ – 지희

지희는 머리를 손으로 올리고 한숨을 쉬며 말했습니다.

말할 틈도 안 준다고……. – 지희

순간……. 갑자기 지희의 얼굴 앞에 대빵 큰 장미꽃다발이 떠억~ –_–;; 하니 나타났습니다.

ㅇ_ㅇ!? – 수영

이익~. –_–;;; 이…… 이게 뭐야? – 지희

지희는 한걸음 물러났습니다……. –_–

오오~ -_-;; 권지희 팬인가!?

장미꽃다발 뒤에서 쓰윽~나온 얼굴은……

오오…… 처음 보는 얼굴이구려.

그런데 -_- 보통으로 생겼구만. 쩝 -_- (외면 -_-;)

뭐야? - 지희

받아줘요. ^-^ - ??

우…… 웃는 건…… 꽤 멋있네. *-_-* (왜 니가 얼굴을 붉히냔 말
이다!! -_-;)

너 누구냐니깐!! -O-!! - 지희

그 남자아이는 씨익 웃으며 말했습니다.

심리전문학과에 있는 한성욱이라고 합니다. ^-^ - 성욱

아아아……. -_- - 지희

-_-;; - 수영

전 장미꽃을 지희에게 던져주는 성욱이란 놈을 보면서 -_- 그리
고 그 성욱이란 놈이 준 장미꽃을 마구마구 짓밟는 지희를 보면서
-_-;;;;; 땀방울만 슬슬 흘릴 뿐입니다. -_-

성욱이란 놈…… 자기가 사온 장미꽃이 밟히고 있는데도 싱글싱글
웃습니다. -_-;;

또라이잖아? -O-;

이제…… 답변이 됐니? -_-^ - 지희

네. 아주 충분히 됐어요. ^-^

아참~ 장미꽃 밟느라 배고프죠? 내가 밥사줄게요. - 성욱

지희는 웃긴다는 듯 손을 번쩍 들어 성욱이의 뺨을 내려쳤습니다.

떠어어억~. @ 0 @ !! 오늘 얘가 왜 이래? -_-;

지희야……. 너 남자 좋아하잖아……. -_-;;;

내가 너 같은 놈한테 넘어갈 거 같애!? 엄마 젖이나 더 먹고 와 짜

샤! -0-!! - 지희

도…… 독한 뇬. -_-;;

잔인하구나……. -0-;; 배워야지. -_-……

한성욱놈은 지희의 손목을 꽈악 잡으며 말했습니다.

이제 튕기는 것도 작작 해. ^-^ - 성욱

야! 넌 내가 튕기는 걸로 보이냐!? -0-!! 그게 아냐! 난 너 싫어!

진짜로 싫다구!! +ㅁ+!! - 지희

허허허. -_-;

지희 한 손의 주먹을 꽈악~ 쥐었습니다. -_-. 참고로, 지희는 다

이어트 때문에 권투 배운 적 있습니다. =ㅁ=!!

막 지희의 손이 성욱이의 배를 치려는 순간…… 차가운 음성이 짜

악 깔리며…….

싫대잖아……. - 민호

민호오빠가 성욱에게 날아가려는 지희의 주먹을 감싸 안고 한성욱

의 손을 내리쳤습니다……. -_-……

민호오빠는 렌즈를 꼈는지 잔뜩 날카로운 눈매가 번뜩였습니다.

아아 멋있다……. 쓰읍……. *-_-* (아야야!! -_-;;)

깨진 줄 알았는데……. 흐음……. - 성욱

민호오빠의 눈이 무섭게 변하더니 성욱이의 멱살을 확 잡아 올렸

습니다. -_-;

민호오빠의 키는 180이 넘었고…… 성욱이의 키는 겨우 170이었습니다. -_-;;;;

안 깨져……. 이 대한민국 박살날 때까지 우리 둘이 사귈 거니까 당장 꺼져……. - 민호

지희의 얼굴이 빨개지고……. -_-.

성욱이란 놈은 민호오빠의 손을 탁! 치곤 쓸쓸하게 뒤돌아 서서 갔습니다. -_-

허접한 놈. -_-.

전 민호오빠가 지희를 빤히 쳐다보는 걸 보고 스스슥~ -_-;; 집으로 저 혼자 사라졌습니다. -_-

…….

집에 들어가자 보이는 건…….

쉿. 소아 재웠어. ^-^ - 소민

응!! - 수영

절 향해 따뜻하게 웃어주는 녀석…….

소민녀석은 저에게 오렌지주스를 갖다주며 말했습니다.

소아가 니 애기이긴 애기인가 보다. - 소민

응? O_O - 수영

소민녀석은 지쳤다는 듯 어깨를 두드리며 말했습니다.

내가 계속 달래도 끝까지 울더라. 한 3시간은 울었나? 결국에는 내 품에서 지쳐 자긴 하던데……. - 소민

쳇. 배고파서 울었나 보지 뭐. 웅얼웅얼. -_- - 수영

아니야. 분명 너를 찾은 거야. 소아는 내 옆에 니가 있어야 밥을 먹

곤 했잖아. - 소민

순간 마음이 찡~ 했습니다…….

맨날 아빠만 찾는 소아도…… 속으로는 절 엄마로 인식하고 있긴

한가 봅니다……. ㅜ_ㅜ. (기쁨 -_-)

전 소아가 잠들어 있는 방으로 들어가봤습니다. 눈가에 눈물이 고

여 있었습니다.

전 조용히 소아를 안아 들었습니다. 작은 제 품에 쏘옥 안겨 들어

왔습니다.

아프면 어떡하지? - 수영

소민녀석은 웃으면서 방문에서 절 보다가 방으로 들어오며 말했습

니다.

괜찮아……. 감기 안 들게 이불 잘 덮어줬는걸. - 소민

응. ^-^ - 수영

소민녀석이 소아를 안고 있는 절 뒤에서 껴안았습니다.

우아아아아~. @0@!! 심장 속도 백배 증가!! -_-;;

행복하다……. 이게 내가 꿈꿔왔던 거야. 사랑하는 여자랑 귀여운

아기……. - 소민

소민녀석은 얼굴을 제 어깨에 묻으며 말했습니다.

배고파. -_-…… - 소민

뭐 해줄까? -_-^ - 수영

볶음밥. -_- - 소민

무드도 지지리 없는 놈……. -_-^

전 그날…… 볶음밥에 녀석이 제일 싫어하는 양파를 듬뿍듬뿍 넣

어줬습니다. −_−^

야! 유수영!! −_−^ 무슨 볶음밥이 이렇게 밥보다 양파가 더 많이
들어가 있어!! −_−+ − 소민

후훗……. −_−∨

#117

놀이동산? ㅡ_ㅡ 소민

응~. 응~. 〉_〈!! ㅡ 수영

안돼. ㅡ_ㅡ 소민

왜왜왜!! ㅠ0ㅠ!! ㅡ 수영

나른한 일요일……. ㅡ_ㅡ 그리고 무료한 일요일……. ㅡ0ㅡ……. 전 녀석에게 놀이동산 가자고 조르고 있습니다……. ㅠ_ㅠ.

다른 집에선 남편이 놀이동산 가자고 하던데……. ㅠ_ㅠ……

아바……. 어부바…… 어부바……. ㅡ0ㅡ…… ㅡ 소아

소아 깼어? ^ㅡ^ ㅡ 소민

쳇. ㅡ_ㅡ^ ㅡ 수영

보통 아기는 '엄마'를 먼저 배우지 않습니까? ㅡ_ㅡ^ 그런데 소아 저 눈은 '아빠'를 먼저 배웠습니다. =ㅁ=!!

생긴 것도 조목조목한 것이 얼굴 하며 눈도 녀석을 닮았습니다.

쓰읍……. 귀…… 귀엽구나……. *ㅡ_ㅡ* (아무리 부정해도 지 딸이 다 ㅡ_ㅡ;)

자~ 소아야~. 아빠 해봐! 아빠! ^ㅡ^ ㅡ 소민

아빠……. 우웅~. ㅡ 소아

소아는 씽긋 씽긋 웃으며 오물거리는 입을 조그맣게 벌려 '아빠'

라고 말했습니다……. =ㅁ=

소아야~ 이번엔 엄마! 엄마! 해봐~. 엄마! – 소민

어무아? –_–? – 소아

어…… 어무아? –_–;; 어묵아~ 도 아니고. 쿨럭~. –_–;;

다…… 다시. –_–;;

엄마. 엄마~. ^–^ – 소민

어부바~. ^–^* – 소아

–_–;;;;;;;;; – 소민

소아 논은 엄마를 어부바로 알아들었나 봅니다. –_–;;

아아…… 언제 소아한테 엄마라는 말을 들어볼까요? –_–……

오빠~ 소아 데리고 놀이동산!! 응?! >_< – 수영

잃어버리지 않을 자신 있지? – 소민

응~ 응~! ^–^* 지희랑 민호오빠랑 민재랑~ 같이 가자~. – 수영

…….

…….

와와~ 날씨 좋다!! >ㅁ<!! – 지희

저희들은…… 그 유명한…… 어.린.이.대.공.원 –_– 에 도착했습
니다. 전 강력히 롯데월드를 주장했지만…… –_–. 소민녀석은 롯
데월드 가면 소아가 탈 만한 게 별로 없다면서……. ㅜ_ㅜ……

누나~ 누나~. >_<!! 우리 바이킹 타자~. – 수민

시시한 거밖에 없네. –_– 다연

다연이, 수민이, 지희, 민호오빠, 저, 소민녀석, 민재 그리고……
소아까지 아주 단체로 우르르~ –_– 어린이 대공원으로 몰려왔습

니다……. =ㅁ=.

그럼 나랑 지희는 따로 논다. −_− − 민호

밤 9시에 여기 정문에서 만나자. −_− − 소민

지희와 민호오빠는 둘이 싸사삭~ −_− 사라졌고 −_− 수민이와 다연이는 저희와 꼭 붙어다니겠다며 −_. 저희 셋의 뒤를 쫄쫄쫄 따라다녔습니다. −_− 그러다 시시한 거만 탄다고 둘이서 공중그네 타러 갔습니다.−_−;;;

아~ 이번엔 꼬마 범퍼카 타러 가자~. 소아야~. ^−^ − 소민

아빠…… 아빠……. 어주어두~. − 소아

소아는 손가락으로 가리켰습니다……. .−_−…….

아이스크림을……? −_−…….

얼마예요? −_−^ − 수영

2,000원입니다. − 직원

소아 아이스크림 사주는 하인 유수영 당첨~. 띠띠띠링~. −_−;;

자! 소아 너 먹…… 어?! ㅇ_ㅇ…… − 수영

없다? −_−;; 녀석과 소아가 없다?! 그렇다면…… 나는…….

투욱~. −_−;;;;;;; (아이스크림 떨어지는 소리 −_−;)

길을 잃었다~!! ㅠㅇㅠ!! 어…… 어떻게 해…… ㅠ_ㅠ. − 수영

꽃밭 귀퉁이에 쭈그려 앉아서 울며 이리저리 둘러보았지만 녀석과 소아의 모습은 보이지 않습니다…….

전 벌떡 일어나서 이리저리 아무튼 돌아다녀 보기로 했습니다……. ㅠ_ㅠ.

사람들에게 이리 치이고 저리 치이고……. =ㅁ=;;

그때…… 익숙한 뒷모습…….

민호오빠랑 지희다!! +ㅁ+!!

지희야!! 민호오빠!! ㅠ0ㅠ!! - 수영

아…… 뒤도 안 돌아보고…… 가는구나……. ㅠ_ㅠ…….

전 허둥지둥 지희와 민호오빠의 뒤를 쫓았습니다.

헥헥헥……. 그런데 왜 내 주위에 철창 속에 갇힌 코끼리들이 보이는 거지? -_-…….

전 용기를 가지고 코끼리 똥을 -_-;. 열심히 치우고 있는 사람을 툭툭 건드리며 말했습니다.

저기요……? -_-. - 수영

네? 어!? 수영이~. >ㅁ<!! - 선민

흠칫! -_-;;;

이선민……. 너 왜 동물원에 있는 거니? =ㅁ=;; 그리고 저리 가주렴. -_- 똥냄새 나 짜샤. -_-;;;;;;

여기 웬일이야? 소민자식이랑 같이 안 왔어!? -_-? - 선민

우에엥~!! 선민아!! ㅠ0ㅠ!! 나 길 잃어버렸어!! - 수영

뭐? -_-;; - 선민

선민이는 바닥에 주저앉아 통곡하고 있는 저를 살포시 안아주면서 달랬습니다.

그래서 이렇게 저녁이 다 될 때까지 이 동물원을 왔다 갔다 했어? -_- - 선민

훌쩍~. ㅠ_ㅠ. - 수영

여전히 선민이의 품은 포근했습니다. 다만…… 똥냄새가 조금 났

다는 것뿐…… . -_-;;;;;;;

잠깐만 기다려 수영아. ^-^ - 선민

선민이는 절 벤치에 앉혀놓고 정확히 20분 만에 -_- 다시 제 앞에 나타났습니다.

샤워를 하고 왔는지 향긋한 코롱 향기를 풍기며 하얀 맨투맨 티셔츠와 하늘색 남방에 면바지를 입곤 두 손에 초코 아이스크림을 들고 왔습니다. -_-

먹어. -_- - 선민

응. ㅠ_ㅠ. 근데 선민아. -_- 저 코끼리 -_- 저렇게 그냥 관리 안 하고 놔둬도 되니? - 수영

내가 관리하는 시간은 끝났어. -_- 우물우물. 그런데 그동안 어떻게 지냈어? O_O - 선민

아기…… 낳았어. - 수영

선민이는 초코 아이스크림을 마구마구 먹다가 입가에 잔뜩 묻힌 채로 -_-;; 충격 먹은 듯 말했습니다. =ㅁ=;;

뭐라고? -O-;;; - 선민

딸이야. -_- 이름은 유소아야. - 수영

전 선민이에게 손수건을 건네주며 말했습니다. -_-;

우헬헬~ ㅡ,.ㅡ 그 손수건은 우리 소아가 침 흘릴 때마다 닦아주던 건데~.

선민이는 손수건으로 입을 닦곤 건네주며 말했습니다. -_-;;

이쁘겠다…… . 딸이라니…… . 너랑…… 많이 닮았겠네? - 선민

성격만. -_- 생긴 건 완전히 소민녀석 판박이 같아. - 수영

선민이는 아이스크림 콘을 깨물어 먹으며 말했숩니다.

부럽다……. – 선민

–_–? – 수영

선민이는 씽긋 웃으며 말했숩니다……

솔직히 말하면 말야, 지금 니가 낳았다는 아기가 내 아기였으면 좋
겠다. 소민이 자식 딸이 아니라…… 이 이선민의 딸이었으면……
하고 말야. – 선민

……. – 수영

전 선민이를 끊임없이 바라봤숩니다.

차가워 보이지만 따뜻한 녀석…… 바보 같지만 오히려 아픔을 감
추려고 바보짓을 하는 녀석…….

전…… 조용히 중얼거렸숩니다.

지금…… 소민오빠가…… 찾고 있을지도 몰라. – 수영

핏……. – 선민

선민이는 아직 남은 아이스크림을 코끼리 우리에 던져버리고 말했
숩니다.

가자. 미아보호소 가야지. –_– – 선민

미…… 미아보호소!? –_–;; 나…… 나는 대학생인데……. – 수영

니 정신연령은 아이잖아. –_– 가자. – 선민

선민이는 손을 내밀었숩니다.

전 조용히 그 손을 잡았숩니다…….

이 정도……. 이 정도가 내가 널 위해 해줄 수 있는 일이야.

…….

네!? -_-;; 일행을 잃어버리셔서 이곳에 오셨다구요? - 직원

네. -_- 애 좀 잘 부탁해요. - 선민

선민이는 절 테이블에 앉혀놓고 제 어깨에 두 손을 올리며 말했습니다.

또 만나자. ^-^ - 선민

응…….. - 수영

오해하지 마. 친구로서 말하는 거야. 하지만 수영아……. - 선민

응? O_O - 수영

선민이는 제 머리를 쓰다듬으며 말했습니다.

날…… 가끔씩은 남자로 봐줬으면 한다. - 선민

전 선민이를 빤히 바라보았고…… 선민이는 씨익 웃으며 '간다!' 라고 화통하게 외치곤 사라졌습니다.

테이블 위에 있는 요구르트 -_-; 를 마시며 저는 생각했습니다.

선민이를…… 남자로 볼 일은…… 없을 거라고…….

시간이 얼마나 지났을까……? 어렴풋이 잠이 들었을 때 익숙한 목소리가 귓가를 스쳤습니다.

저…… 여기요…… 갈색 생머리에 눈은 꽤 크고…… 으음……. 키는 이 정도…… 되는 여자애 안 왔나요? 아이 말고 여자요. - 소민

아 계세요. ^-^ 저기 계시는데……. 저쪽 5번 테이블에 잠들어 있어요. - 직원

전 자는 척하기로 마음먹었습니다. 솔직히 -_-; 녀석에게 혼나는 게 너무 무서웠기 때문입니다. =ㅁ=;;

녀석이 쿵쾅거리며 급한 발걸음으로 오는 것을 느끼며 눈을 감았

숩니다.

하아……. 유수영……. – 소민

소민녀석의 숨차고 잔뜩 화가 난 목소리가 들렸습니다.

하지만 그 순간…… 제 몸이 들려지며…… 녀석의 등에 업힌 걸 알았습니다.

야! 찾았어!? 어! 수영이 자!? O_O;; – 지희

……. – 소민

소아는 잔다. –_– 아까까지만 해도 엉~ 엉~ 울더니만 어느새 잠이 들었나봐. –_–; – 민호

누나 괜찮은 거야!? ㅠ_ㅠ 안 죽었지? – 수민

죽긴 왜 죽냐!? –_–+ 잘 자는구만! – 다연

전 조용히 녀석의 등에 얼굴을 묻었습니다. 등에 녀석의 땀이 잔뜩 배어 있습니다.

녀석의 심장소리가 제 귀를 통해 두근두근거리며 들어왔습니다.

녀석이 잠깐 몸을 움찔! 거리는 걸 느끼며…….

소민녀석이 말했습니다.

니네 먼저 가 있어라. 나 얘 깨워서 할말이 있어. – 소민

민호오빠는 가만히 소민녀석을 보다 씨익 웃으며 말했습니다.

그래. ^–^ – 민호

민호오빠는 모두를 차에 태우고 사라졌습니다.

그 순간…… 녀석이 절 콰당~ –_–;; 내팽겨쳤습니다.

아악!! +ㅁ+!!

아…… 안돼. 소리 지르면 안돼. 자…… 자는 척……. –_–;;

유수영…… 그만해라……. ‐_‐＾ ‐ 소민

쿠…… 쿠울~. ‐_‐;;; ‐ 수영

전 욱신욱신거리는 엉덩이의 고통을 참지 못하고 눈물을 찔끔 흘렸습니다. ‐_‐;

소민녀석은 제 손을 잡아 들어올리며 놀라서 두 눈을 크게 뜬 저를 잔뜩 화가 난 눈으로 쳐다봤습니다.

녀석의 얼굴은 땀범벅이 되어 있었고…… 아직도 숨이 차는지 숨소리가 일정하지 못했습니다. ‐_‐;;

너……. ‐ 소민

내가 길 잃어버린 거 아니야!! 〉ㅁ〈!! 내가 아이스크림 들고 싹~ 돌아서니까 오빠랑 소아가 없어졌잖아!! ㅠOㅠ!! ‐ 수영

소민녀석은 후~ 하고 한숨을 쉰 다음 말했습니다.

그럼…… 미아보호소는 어떻게 찾아갔어? ‐_‐＾ ‐ 소민

그…… 그게 ‐_‐. ‐ 수영

소민녀석의 눈빛은 ‘말해!’ 라고 ‐_‐; 신호를 보내고 있었고 저는 침을 꿀꺽~ 삼키며 말했습니다.

서…… 선민이가 이 동물원에서 코끼리 관리하더라구~. 별 얘기 안 하고~ ‐_‐;; 그냥 미아보호소까지만 데려다 줬어! 신고도 해주고……. 정말이야! +_+!! ‐ 수영

그래? 너…… 내가 믿을 거라 생각하냐? ‐ 소민

아…… 아니요. ‐_‐;;;;

전 조용히 고개를 숙이고 있었고 소민녀석은 절 쳐다봤습니다. 그러다 제 손을 이끄는 것을 느끼고 얼굴을 들어보니 녀석이 저녁노

을에 비친 미소를 지으며 조용히 말했습니다.

관람차 타자. 너랑 타고 싶었어. - 소민

으…… 응!! - 수영

관람차 안……. −_−……. 녀석과 전 콜라를 사가지고 쪼로록~ 마시면서 조용히 애기하고 있습니다. −_−

소아가…… 너 없어지니까…… 어부바~ 어무마~ −_− 하고 울더라. - 소민

−_−;; 그…… 그래? - 수영

전 콜라를 쭈욱 마셨습니다. 소민녀석은 절 빤히 쳐다보다 말했습니다.

이선민이 뭐 자기를 남자로 봐달라 그런 소린 안 했겠지? - 소민

푸웃!! - 수영

−_−^ - 소민

컬럭~ 컬럭. −0−;; 푸아앗~. 컬럭~. −_−;; - 수영

의미심장한 살기를 띠며 녀석이 말했습니다.

그랬었군……. 하하……. 그랬었어. −_−^ - 소민

아니야~. −_−; 갑자기 사레가 걸려서~. 하하하~. −_−;; - 수영

−_−^ - 소민

소민녀석은 절 옆으로 앉히고 말했습니다.

바람피우지 마……. 나만 쳐다봐. 바람피우면 죽을 각오 해야돼……. - 소민

네네. −_−;; - 수영

소민녀석은 조용히 제 입에 입을 맞대었습니다. −_− 절라 콜라 맛

이 났고……. −_−;; 입을 떼었을 땐 녀석의 눈이 살짝 웃고 있었습니다.

그런데 말야……. 너 이거 어떡할 거냐? −_−^ − 소민

녀석은 자신의 머리카락을 가리키며 말했습니다. −_−;

제가 내뱉은 콜라는 녀석의 머리통을 정확히 가격해 −_− 녀석의 검은색 머리칼을 찐득~ 찐득~ −_−; 하게 만들었습니다. =ㅁ=!!

피해보상 100만원. −_− − 소민

농담하지 마 오빠. −_−;; − 수영

소민녀석은 씨익 웃으며 −_−;; 자신이 손에 쥐고 있던 물을 제 머리카락에 좌악~ −_−;; 뿌리더니 말했습니다.

시원하지? −_−^ − 소민

이잉……. ㅠ_ㅠ. − 수영

무서운 것……. ㅠ_ㅠ. 아무래도 전 언제나 녀석의 머리 속에서 놀고 있을 건가 봅니다. ㅠ_ㅠ.

#118

소민. 번외. 잊지 않아……

오빠? 소민오빠…….
수영이……. 수영이, 오빠랑 결혼하는 거다?
꼬옥~ 꼬옥~
약속 지켜야 돼! – 수영

흐음……. 얘가 유수영이야? – 민호
눈독 들이지 마 짜샤! – _+ – 소민
미안하지만 내 타입은 아니네! – _+ – 민호
내 지갑 안쪽에 환하게 자리잡고 있는
내 꼬마 신부님…….
보기만 해도 웃음이 터져 나올 듯하다.
환하게 웃는 모습이
아직도 내 마음을 아찔하게 흔들어 놓는다.

야. –_– 그래서 너 여자애들 안 사귀는 거야? – 민호
어. – 소민

안소민 은근히 일편단심이네. -_-. - 민호

이민호……. 내 죽마고우 친구……. 수영이가 이사간 후 수영이의 집으로 온 이민호…….

내 신부님을 이사 가게 만든 장본인이 민호자식인 줄 알고 -_- 민호자식 볼 때마다 침을 딱! -_-; 뱉고 다녔다지. -_-;;

커서야 그런 게 얼마나 유치한 줄 알게 되었지만……. -_-.

물론 지금은 둘도 없는 친구다.

그런데 걔는 너 알지도 못하는 거 같던데? -_-. - 민호

아니야. -_- 내가 자기랑 결혼하기로 약속한 거 알 거야. - 소민

흐음. -_- 어릴 적 장난으로 그랬다는 걸로만 알고 있을 수도 있지. -_- - 민호

조용히 해 이민호. -_-+ - 소민

잊어버리지 않았겠지……. 나 안소민을 잊어버리지 않았겠지……. 기다리고 있어……. 잊지 않고 있어…… 유수영…….

꿈에 언제나 니가 나타나 내 마음을 흔드는 걸…….

나 가기 싫은데……. -_- - 민호

야. 친구 따라 강남 간다 했어. -_- - 소민

개인적으로 볼 때, 지금 상황과 그 속담은 안 어울린다고 생각하는데? -O- - 민호

띠파놈……. -_-^

야야. -_- 한턱 낼게. - 소민

조석중학교지? -_- - 민호

^^ - 소민

젠장……. −_−^

이렇게 해서라도 유수영을 봐야 하는가……. −_−.

아니지, 봐야지. 그 녀석 얼굴 안 보면…… 단 하루도 견디기 어려우니까…….

조석중학교 앞에 서 있으려니까 여자애들 시선이 꽂혔다.

후훗……. −v−* 내가 좀 멋있긴 하지. −_−* (뒈질 놈 −_−)

하지만 이렇게 짜증나도…… 곧 웃으며 나오는 니 얼굴이 보이겠지…….

친구와 함께 살짝 웃으며…… 나올 유수영의 얼굴.

으아아악!! 선생님!! 어쩔 수 없었다니깐요!! ㅠOㅠ!! 머리카락 아깝단 말이에요!! − 수영

당장 안 잘라!? −_−+ 단발로 잘라! 니 머리 어깨에서 스물스물 기고 있는 거 못 본다! −_−+ − 교무주임 −_−

아아악!! 싫어요!! 이 머리 어떻게 기른 건데!! ㅠOㅠ!! − 수영

어떤 띠파 새끼가 −_−^ 감히 내 여자 머리카락을 멋대로 자르려고 해? −_−+

막 달려가려는 순간…… 갑자기 선생 손을 잡아채곤 수영이 어깨를 감싸는 놈…….

뭐야……?

선생님. ^−^ 수영이 머리에 이따시만한 땜빵이 있어서 이러는 거예요. ^−^ − 현우

나 땜빵 없……!! +ㅁ+;; − 수영

그럼 선생님…… 나중에 봬요. ^−^ − 현우

띠잉~. 머리에서 종이 땡강땡강 쳤다.

어떤 자식한테 니 어깨를 내주었단 말이지.

절대 안돼……. 너 부서질까 깨질까 나도 그렇게 못했는데…….

그놈을 잡아 족치려는 순간…… 민호놈이 내 팔을 잡았다.

야. 그만해라. - 민호

뭘!! - 소민

니 저기압인 건 알겠는데…… 말야……. -_- 저…… 저기 가위 들
고 뛰어오는 교무주임한테서 도망쳐야 할까 아니면 그냥 서 있는
게 좋을까? -_- 민호

-_-……. - 소민

우린 전속력으로 뛰었다. -_-;;

아아 교무주임. -_- 똥배를 휘날리며 우릴 쫓아오다 때굴때굴 구
르더군……. -_-……

아무튼 오늘 기분 잡쳤다. -_-^

젠장…… 빌어먹을! 그 놈 신상정보를 내가 하나하나 다 알아내고
말겠어……. -_-+

…….

안소민. 왜 이렇게 아침부터 인상 쓰고 있어? -_- 가희

상관 마. - 소민

첫. 친절하게 말해주면 어디 덧나냐? -_- 뭐야? 그 유수영이란 애
바람이라도 피웠대? - 가희

너 상관 말라고 했다. - 소민

박가희……. 니가 아주 성질을 돋우는구나. -_-^

난 지갑을 꺼내 환하게 웃고 있는 수영이 사진을 보았다…….

젠장……. 언제까지 기다려야 할까……? 그냥 확~ 조석중학교로 떠버려!? -_-^

후……. 정말 언제까지 기다려야 하는 걸까?

야, 안소민. -_- 인상 좀 풀어. 제발. - 민호

뭐야……? - 소민

너 어젯밤에 한숨도 못 잤냐!? -_-;; 눈밑이 왜 이래? - 민호

말 시키지 마. - 소민

민호자식은 내 기분과 정반대인지 씨익 웃었다.

너……. 내가 기분 좋은 소식 하나 알려줄까? - 민호

뭔데? - 소민

수영이랑 그 자식이랑 사귀는 거 아니랜다. 그 자식 이름이 이현우 인데 이현우가 수영이 짝사랑하고 있나봐. - 민호

그렇지!? 그럴 줄 알았어~.

거봐! 걔가 나 놔두고 바람피우진 않을 거라 했잖아!! - 소민

웃음이 마구마구 나오는 걸 꾸욱 참았다…….

그럼 그렇지……. 나 같은 남자 놔두고 니가 다른 남자를 사귀어!? 말도 안되지~. 암~. -_-*

그런데 밤에 민호녀석이 문을 쾅쾅 두드리며 소리쳤다.

야야!! 안소민!! - 민호

야, 너 밤에 무슨 횡포냐? - 소민

민호자식은 잔뜩 취했는지 어두운 얼굴로 말했다.

쓰바……. 나 어떡하냐? 나 좋아하는 애 있는데……. 나…… 정말

좋아하는 애 있는데……. 정말……. 젠장……. - 민호

그 말을 마치고 쓰러졌다…….

이민호……. 나중에 알아보니 맘에도 없는 애랑 사귄단다.

박가희……. 박가희랑 사귄다고…….

하! 기분이 우울해서 옥상에 올라갔다. 그리고 후배를 ㅅ 켜서 몰래 찍어오라고 했던 수영이 중학교 입학사진을 빤히 쳐다봤다.

후……. 유수영……언제까지 기다려야 하냐? 기다려라……. 바람 피우지 말고……. - 소민

10년……. 딱……10년……. 이제 1년만 있으면 니 곁에 갈 수 있어……. 지금 당장이라도 가고 싶지만…… 너랑 했던 그 약속…… 지키고 싶다…….

갑자기 옥상으로 올라오던 박가희가 수영이 사진을 뺏었다. 순간, 흔들리는 눈빛으로 바라보더니 사진을 주고는 휙 가버린다…….

싱겁긴…….

그렇게 1년이 흘렀다…….

나 전학 간다. - 민호

어디로 가는데? - 소민

조석고등학교……. - 민호

조석고등학교. 조석고등학교라…… 이번에 수영이가 간다는 학교…….

기다려라……나도 간다. - 소민

이제…… 한 달이면…… 한 달만 있으면…… 수영이와 만난 지 딱 10년 되는 날이다.

하지만 그 한 달간은 내게 굉장한 고역이었다……. 박가희…… 그 아이 덕분에…….

박가희는 엄마, 아빠가 없다. 언니밖에 없단다……. 불쌍한 아이였다. 그런 아이가 나하고 사귀자고 자살 소동까지 벌이다니…….

아무튼…… 그게 다 이 몸이 잘생긴 탓이야. 훗~. -v-* (빌어먹을 놈 -_-+)

흠흠……. -_-;;

난 사귀고 싶지 않았지만…… 민호가 부탁했다…….

아픈 아이니까…… 조금만이라도 보듬어 달라고…….

어쩔 수 없었다……. 난 여자가 우는 게 싫으니까. 하지만 우리 수영이가 우는 건…… 더욱더 싫다.

미안. - 소민

왜!! 왜 가는 거야!? - 가희

간단해…… 그건……. 10년 동안 기다린 내 신부를 데리러 가야하거든……. - 소민

가희의 눈에 눈물이 고인 것을 보았지만 어쩔 수 없다……. 나의 머리 속엔 유수영 그 세 글자밖에 없으니까……. 그 녀석이 웃는 모습만 내 눈앞에 아른거리니까…….

하핫……. 진짜…… 어쩌면 나는 유수영이란 여자한테 미쳐버린 거 같다…….

가희의 모든 걸 정리하고…… 아버지가 가르쳐주신 수영이네 집 주소를 찾고 있을 때……. 익숙한 목소리가 내 귓가를 스쳤다.

에이씨! 오늘은 왜 이렇게 숙제가 많아! 과학에…… 국어에…….

으아~ 이거 다하려면 시간 엄청 걸리겠다~. – 수영

어깨까지 닿는 갈색 머리칼에 살짝 감은 검은색 눈……. 귀찮은 듯
삐죽 나온 붉은 입술……. 귀엽게 통통거리며 걸어가는 어떤 여자
아이…….

내 입꼬리 한쪽이 씽긋 올라갔다……

…….

…….

찾았다…… 유수영…….

소민. 잊지 않아……

#119

수영……! 밥 저! 밥 저! −_−+ − 소아

너~ 엄마라고 부르라고 했지! −0−!! − 수영

야, 밥 줘. −_− − 소민

이씨……. ㅠ_ㅠ…… 이제부터는 자…… 자기야라고 부르라고 했
잖아~. − 수영

그래. −_− 자기야 밥 줘. − 소민

응~. *>_<* − 수영

소아가 이제 말을 하나하나 깨달아 갑니다. ^_^ 벌써 소아가 5살.
−_−. (헉! −_−; 벌써 =口=;;) 하지만 절 엄마라고 부르는 대신 수영
이라고 부르더군요. −_−^ 전 소민녀석에게 자기야라고 불러달라
고 울며 부탁했습니다. −_−;;

지희와 민호오빠는 자기야~ 자기야~ 하면서 저희보다 더 신혼적
인……. ㅠ_ㅠ……

밥 먹자~. ^_^ − 수영

녀석과 소아는 두두두~ −0−;; 걸어왔습니다. −_−. 소아는 아장아
장거리며 소민녀석의 손을 잡고 걸어와 식탁에 힘겹게 앉아 우물
우물 먹더군요. −_−

수영. 이번에 국 짜. −_− − 소아

물 먹고 국 먹어. −_−^ − 수영

진짜 짜네. −_− − 소민

물 먹고 국 먹어!! −_−+ − 수영

아…… 정말 투덜투덜 부녀……. −_−^

결국 짜다는 국 다 먹고 −_− 둘이 디비지게 늘어져 TV를 보고 있습니다.

−_−^ 쳇.

수영. 나 과자. −0− − 소아

−_−^ − 수영

내가 사올게. 엄마 많이 힘들었을 거야. − 소민

싫어!! 수영!! 수영 니가 사줘!! − 소아

엄마랬지!! −_−+ − 수영

소아야. −_− 고집 부리지마. − 소민

싫어……. 나…… 나 수영이랑 같이 슈퍼 갈래. − 소아

ㅇ_ㅇ……. − 수영

…….

……

작작 좀 골라! 작작 좀! −_−+ − 수영

수영. 나 과자 먹다……. =ㅁ=. −소아

전 소아의 키에 맞도록 쭈그려 앉아서 말했습니다.

너 엄마라고 말 못하냐? 엄마 해봐~. 엄마~. =ㅁ=! − 수영

소아는 얼굴이 빨개진 채로 말했습니다…….

못해……. − 소아

왜 못해! ㅇ_ㅇ 엄마라고 하면 쭈쭈바 사준다!! +ㅁ+!! – 수영 (비굴한 –_–;)

소아는 우물쭈물대다가 겨우 입을 떼며 말했습니다. –_–

어무이. –_–……. 어무이~. –ㅇ–!! 어무이~. –ㅇ–!! – 소아

–_–;;;;;; – 수영

소민아빠. 엄마 사투리. 어무이……. –ㅇ–……. – 소아

소민녀석이 소아한테 엄마 사투리가 어무이라고 가르쳤나 봅니다. 젠장……. ㅠ_ㅠ……

전 승리의 미소를 짓고 있는 소아에게 쭈쭈바를 사줬습니다. –_–

손을 잡고 걸어가는 길에…… 전 쭈쭈바를 먹고 있는 소아를 쳐다보며 말했습니다.

소아야……. 엄마라고 좀 해줘~. 엄마~ 응? ㅠ_ㅠ 나 그 소리 한 번 들어보는 게 소원이었단 말야~. (철부지 엄마 –_–) – 수영

소원……? – 소아

응~ 응~. ㅠ_ㅠ – 수영

소아는 제 손을 꽈악 잡았습니다.

토끼머리를 한 소아가 절 발그스름하게 쳐다보며…….

엄……. – 소아

끼이익!!

어…… 엄마……. 엄마!! – 소아

사람이 치었어요!! 어떻게 해!! – 사람1

어떻게 사고가 나는 그 순간에 아기를 안아서, 다행히 아기는 살았나보네……. – 사람2

빨리!! 빨리 병원으로!! - 사람3

띠…… 띠…… 띠…….

간호사, 기록해요. 방금 구급차로 온 유수영이란 환자 중환자실로 옮겼다고. - 의사.

네 알겠습니다. 그리고…… 유수영 환자가 안고 있던 안소아란 아이는 무사합니다……. - 간호사

…….

#120

으음……. – 수영

따뜻한 햇살이 비추어 줍니다. 하아……. 무언가 상쾌하다…….

그런데…… 여긴…… 병원……?

유수영!! – 소민

네네?! ㅇ_ㅇ;; – 수영

누군지 저를 와락 껴안습니다.

따뜻하다……. 왠지 모르게 편안해지는 느낌에 조용히 품에 안겨
있었습니다…….

잔뜩 눈물이 고인 눈으로 날 쳐다보는…….

내가……. 내가 따라갔어야 하는 거였는데……. 내가……. – 소민

어딜…… 요……? – 수영

왠지 슬퍼 보이고 아파 보이는 모습…….

그리고 눈물이 고인 눈을 소매로 쓰윽쓰윽 닦아주며…….

울지 마요……. 왜 우는 거예요……? – 수영

유수영……. 왜 그래……? – 소민

전 그 모습을 빤히 바라봤습니다……. 익숙한 뒷모습……. 환하게
웃는 얼굴…….

아…… 소민오빠…….

소민오…… 빠? - 수영

그래…… 나 소민오빠야……. 수영아……. - 소민

전 활짝 웃으며 말했습니다…….

반갑다!! ^-^* 얼마 만이야!? 응!? 와아~ 어릴 때 내가 오빠랑 결혼약속한 거 생각나네!! 변함이 없네~. - 수영

잔뜩 놀란 눈으로 날 쳐다보는 소민오빠…….

너……. - 소민

오빠! 나 요번에 조석고등학교에 입학했다!? ^-^ 거기서 이현우라는 남자친구도 사귀구~ 지금 러부러부 중~. >_<!! 오빠도 나 축하해 줄 거지? ^-^ - 수영

너 지금 뭐라고 하는거야……. - 소민

응? - 수영

잔뜩 화난 눈으로 방을 나가는 오빠……

왜 그러지……? 왜 그러는 거야……?

멍 하니 앉아 있으니 곧이어 하얀 가운을 입은 의사 선생이 휘익~ -_- 들어오더니 절 쳐다보며 말했습니다…….

지금…… 당신이 누구…… - 의사

네? -_-; - 수영

지금 당신이 누굽니까? - 의사

하…… 황당하네.-_- 당신이 누구라니…….

누구긴요!! -O-!! 조석고등학교 1학년 8반 12번 이쁜이 유수영이죠!! -O-!! - 수영

묵묵히 머리를 짚는 의사와 잔뜩 인상을 구긴 소민오빠. -_-;;

왜…… 왜 그러는 거야? =ㅁ=;;

몸에 이상은 없는 거 같습니다. -_- 잠시간의 충격으로 고등학생까지의 기억만 가지고 있는 듯한데……. -의사

그 말을 남기고 쉬익~ -_- 사라져버린 의사선생. -_-^

소민오빠는 제 옆에 털썩 앉아 저를 빤히 쳐다봤습니다…….

오빠 많이 멋있어졌다!? ^-^!! 그래두 우리 현우보단 별로 안 멋있다 뭐~. 쿠쿠쿡~. 〉_〈!! - 수영

그만해……. - 소민

뭘? ㅇ_ㅇ. - 수영

이현우 이름 좀 그만 불러. - 소민

잔뜩 헝크러진 검은색 머리칼과 어울리듯 상처받은 듯한 오빠의 눈동자……. 전 그만 입을 꾸욱 다물고 말았습니다…….

도대체 왜 그러는 거야? -_-.

그 순간…… 별안간 문이 벌컥~ 열리며 달려오는 5살배기처럼 보이는 여자 꼬맹이……. -_- 내 품으로 두두두두 들어온다. =ㅁ=;;

엄…… 엄마!! ㅠ0ㅠ!! - 소아

엥!? 누…… 누가 니 엄마야!? ㅇㅇㅇ!! - 수영

-_-^ 니 애기야, 유수영. - 소민

모든 걸 포기한 듯 무덤덤하게 말하는 소민오빠. -_-;

뭐…… 뭐…… =ㅁ=;; 내 애새끼!? ㅇ_ㅇ;;

하하하…… 오빠 농담 실력 많이 늘었나 봅니다. -_-.

그런데…… 소민오빠랑 많이 닮았다?

너랑 내 아기야……. - 소민

뭐……? ㅇ_ㅇ…… - 수영

어리벙벙.

어리버리…… 어안벙벙……. ㅇ_ㅇ……. 모든 게 뒤죽박죽입니다.

눈물을 글썽이고 있는 여자 꼬맹이를 보자마자…… ㄴ도 모르게

손을 내뻗어 안고는 기쁜 듯이 말하는 이상한 내 입…….

무사했구나……. - 수영

어…… 어? ㅇ_ㅇ;

내가 무슨 말을 한 거야.!? ㅇ_ㅇ;;

전 허둥지둥 그 소아란 아이를 침대에서 내려놓곤 놀란 눈을 짓고

있는 소민오빠를 쳐다봤습니다……. 제가 쳐다보자…… 소민오빠

는 씽긋 웃으며 말했습니다…….

아직…… 남아 있긴 있나보다……. 너……. - 소민

뭐? ㅇ_ㅇ? - 수영

그리고 또 벌컥 열리는 문과 동시에 우르르 들어오는 사람들. -_-.

누나!! ㅠㅇㅠ!! - 수민

사고 났다며!? 어때!? 엉!? - 지희

괜찮은 거야!? ㅇ_ㅇ!! - 민호

멀쩡하네. -_- - 다연

수영아!! 너 살았다며!! ㅠㅇㅠ!!

또 꿈속에서 지민이 만났니!? - 민재

뭐…… 뭐야. -_-…… 이 사람들 중…… 내가 아는 사람은 지희

랑…… 소민오빠…… 그리고 수민이뿐……!? ㅇ_ㅇ;; 나머지 사람

은 뭐지?

조용히 그 사람들을 데리고 가는 소민오빠……. -_-.

전 조용히 침대 옆에 있던 초콜릿의 껍질을 벗겨 내 품에서 엉기적 거리는 여자 꼬맹이에게 주며…….

먹을래? -_- - 수영

엄마가 먼저 먹어……. - 소아

우물우물…… ㅡ,.ㅡ 근데 나 니 엄마 아닌데. ㅡ,.ㅡ - 수영

아니야. 소아는 수영엄마 딸이야……. ㅠ_ㅠ. - 소아

먹어. -_- 맛있다. - 수영

제가 주는 초콜릿을 결국 받아들곤 잔뜩 빨개진 볼을 우물우물거 리며 먹는 아이…….

아이구 ㅡ,.ㅡ 귀여워라.

그 순간…… 복도에서 크게 들리는 수민이의 목소리……. -_-

뭐!? 기억!?!??!??!?!? - 수민

곧 이어 -_- 조용히 들어오는 사람들. -_-.

날카롭게 생겼지만 따뜻하게 보이는 남자가 제 앞으로 와 씽긋 웃 으며 말했습니다.

기억은 안 나겠지만…… ^-^ 이민호라고 한다. 지금 니 친구 권지 희랑 교제중이고. - 민호

네네……. ^-^ - 수영

난 다연이라고 해. 다연.-_- - 다연

그…… 그래?-_- - 수영

왠지 무언가 울컥~ -_- 하는 게, 제가 언제 한번 이 아이에게 된 통 당한 적이 있는 것만 같습니다. -_-…….

난…… 민재야……. 이민재. ^-^ 그리고 말야……. - 민재

안주머니를 뒤적뒤적거리더니 수첩에 살짝 끼워져 있는 어떤 사진을 보여줍니다.

환하게 웃는 여자아이네.

왠지 가슴이 욱씬 거렸습니다…….

한지민이야……. 지민이는…… 니 친구였어……. 지금은…… 하늘나라에 가 있겠지만……. - 민재

응……. - 수영

저녁이 다 되도록 내 품에 안겨 있는 소아 꼬맹이……. -_- 그런 모습을 흐뭇하게 보는 소민오빠와 수다를 떨던 지희. 그리고 다연이란 왠지 찝찝한 -_-;; 아이……. 민재와 함께 조용히 저를 쳐다보며 씽긋 웃어주기만 하는 민호오빠……. -_-……

처음 만났지만 이렇게 편안하고 가족 같은 분위기는 처음 느껴봅니다…….

사람들이 다 가고……. 제 옆에 잠들어 있는 소아와…… 어색한 분위기를 유지하고 있는 소민오빠 그리고 저…….

오…… 오빠 어디 대학교 갔어!? 응!? ^-^ - 수영

경희대…… - 소민

-_-……. - 수영

왜 그렇게 차가운 거야……? 어릴 적엔…… 햇살같이 따뜻했으면서…….

왠지 모르게 억울하고 서러워서 눈물이 뚝뚝 흘렀습니다…….

너 왜 울어!? - 소민

오빠 나빠! - 수영

묵묵히 나를 쳐다보는 소민오빠…….

전 말없이 불만을 토해냈습니다…….

어릴 적엔 그렇게 따뜻했으면서…… ㅠ0ㅠ!! 왜 이렇게 차가워진 거야!? 응!? - 수영

당황하던 기색을 보이던 오빠는…… 조용히 저를 쳐다보다 슬픈 목소리로 중얼거렸습니다…….

지금……. 지금의 유수영이…… 나를 너무 아프게 해서…… 그랬나 보다……. 미안…… 미안하다 수영아……. - 소민

왜……. 왜…… 그때 가슴이 왜 그리 아팠는지…… 저도 잘 모르겠습니다…….

#121

야! -_- 너 지금 뭐하는 거냐? - 소민

학교 가는 거지. -_- - 수영

급속도로 친해진 저와 소민오빠입니다. -_-^

하지만 언제나 돼지라고 놀리는데…… 왜 그리 화가 ㄴ는지…….

학교에 가려고 교복을 갈아입는데 왜 손을 잡는 거야. -ㅇ-!!

유수영. -_- 내가 말했잖아. 너 대학생이라구!! - 소민

내가!? ㅇ_ㅇ 왜!? -_-+ - 수영

왜긴 왜야!! 대학생이니까 대학생이지!! -_-+ - 소민

왜 자꾸 소릴 바락바락 질러!! 〉ㅁ〈!! - 수영

그만!! 그만해!! @ㅇ@!! - 소아

뚜욱……. -_-…….

소아의 외침에 저와 소민오빠는 소아를 휘익~ -_- 쳐다봤습니다.

소아는 부시시한 얼굴로 씩씩대며 소리쳤습니다.

둘이 왜 그래!? 왜 백날천날 싸워! 예전엔 그렇게 서로를 아끼더
니!! ㅠㅇㅠ!! - 소아

내가!? 하! 내가 언제!? -_-+ - 수영

소아야. -_-^ 지금의 저 아줌마는 너의 기억 속에 있는 아줌마가
아니야~. 이 아줌마는 악마란다~. - 소민

내가 왜 악마야!! >ㅁ<!! - 수영(아줌마는 인정 -_-)

소아는 고개를 설레설레 저으며 방안으로 들어갔습니다. -_-

아…… 아기한테도 무시당한 건가……. -_-…….

너 때문에 소아가 삐졌잖아!! *ㅁ*!! - 소민

니가 조용히 말했으면 이렇게 되지도 않았을 거 아냐!! - 수영

니?! -_-^ - 소민

그래!! 이 쫌생이 골뱅이 무침아!! >ㅁ<!! - 수영 (완전히 겁대가리 상실 -_-)

울컥! -_-^ - 소민

소민오빠는 불끈 주먹을 쥐고 있었고 -_- 전 계속해서 미친 소리를 지껄였습니다. -_-

나이 차이 몇 살이나 난다고 존댓말 꼬박꼬박 쓰라구 그래!? 엉!? 2살 차이밖에 안되는구만!! @ 0 @!! - 수영

소민오빠는 죽일 듯이 절 쳐다봤고…… -_- 전 흠칫 -_-; 하며 -_- 고개를 돌렸습니다.

소민오빠는 한숨을 푸욱~ 쉬면서…….

하아…… 고등학교 때 얘가 이렇게 놀았구나. -_-=33……- 소민 씁쓸하게 -_- 천장을 쳐다보며 말하는 소민오빠……. -_-^

전 그런 소민오빠를 쳐다보며 손가락으로 머리를 빙글빙글 돌려가며 -_-;; 말했습니다.

또라이 아니야!? -_- - 수영

-_-^ ……어쨌든 오늘은 집에 가만히 처박혀 있어! - 소민

싫어!! >ㅁ<!! - 수영

퍼억~! -_-…… 금방 들어올게. -_- - 소민

네……. -_ㅠ……. - 수영

전 소민오빠의 주먹 한방에 잠잠해졌습니다. -_-.

언젠가 또 그랬던 기억이 나는 듯한데……. -_-……

전 제 방에 들어가 옷장을 뒤적거렸습니다.

뭐야!? -_- 옷이 왜 이렇게 후줄근한 거밖에 없어!? -_- - 수영

완전히 몸뻬바지 비슷한 거만 있네. -_-……

전 그중에서 제일 무난한 것을 골라 입고 소민오빠 방에 들어가 봤습니다.

싸가지 만땅에 절라 잘난 척하는 왕자병 새뀌……. 쳇. -_-

그래도 방은 깨끗하네……. -_- - 수영

뭐해? ㅇ_ㅇ - 소아

야! -_- 너 인기척 좀 내. -_-;; - 수영

엄마는 내가 인기척 안 내도 안 놀라고 안아줬잖아……. - 소아

소아는 쓸쓸한 눈빛을 지으며 소민오빠의 방으로 스르르륵~ -_- 들어갔습니다. 그러곤 끙차끙차 앨범을 꺼내 저에게 보여줬습니다.

볼래?! 아빠가 밤마다 보는 거야. ^-^ - 소아

응. -ㅇ- - 수영

전 소아의 옆에 앉아 앨범을 촤락~ 폈습니다…….

펴자마자 보이는 건…… 결혼사진…….

나다……. 웨딩드레스를 입고 환하게, 기쁜 듯이 웃고 있는 여자…… 바로 나야…….

엄마…… 이뻤다……. - 소아

전 소아의 말을 무시하고 -_-; 계속해서 앨범을 한 장씩 펴보았습니다…….

그 앨범 속엔…… 소민오빠한테 살짝 안겨서 행복한 듯 함박웃음을 짓고 있는 사진…… 결혼식장에서 지희와 함께 웃으며 찍은 사진…… 등등 제가 모르는 추억들이 하나씩 담겨 있었습니다…….

밤마다…… 오빠가 이걸 봤다고……?

이거…… 엄마 고등학교 때 사진 아니야!? - 소아

그 사진은 제 졸업 사진이었습니다…….

언제…… 언제 이렇게 시간이 지난 거지?

나는 고등학생 유수영인데…… 지금의 나는…… 대학생…….

엄마…… 왜 그래……? - 소아

전 갑자기…… 어떤 여자의 사진을 보고 눈물을 뚝뚝 흘렸습니다.

누구지……? 이 여자…… 누구야……?

사진을 꺼내 뒤를 뒤집어 보았습니다……. 아주 오래 전부터 이렇게 뒤집는 걸 알았다는 듯이…….

뒤를 보자 눈물이 계속해서 흘렀습니다…….

"나의 소중한 친구 한지민과 함께……" 라고 써 있는 어떤 여자의 사진…….

엄마……. - 소아

왜 이렇게 눈물이 나지? 응……? 눈에 뭐가 들어갔나……? - 수영

전 그 사진을 왠지 안타까운 듯이 쳐다보다 앨범에 끼워놓고 다시 앨범을 넘겼습니다.

앨범을 또다시 넘기자마자…… 어떤 아이를 안고서 환하게 웃음

짓고 있는 나…….

이 아이가…… 소아…… 인가……?

엄마. ⌢ 아빠가 이게 나래. - 소아

……. - 수영

앨범을 한 장 한 장 넘길 때마다 괜히 실실 웃음이 나고, 괜히 눈물이 고이고…….

자꾸만 제 생각과는 반대되는 몸의 행동이 이어졌습니다…….

소아는 그런 저를 이상한다는 듯이 쳐다봤지만…….

한참 뒤 앨범을 닫고 저는 한숨을 푸욱~ 쉬었습니다……. 그러곤 소아를 쳐다봤습니다…….

엄마 왜 그래? 응? 아까 왜 울었어? - 소아

소아야……. - 수영

전 소아의 머리를 쓰다듬으며 마음속으로 생각했습니다.

지금…… 난…… 한 남자의 아내이고 아이도 있어……. 도대체…… 나에게 무슨 일이 일어났던 걸까……?

솔직히 말하면…… 무섭습니다……. 나만 놔두고 세상이 빙글빙글 돌아가는 듯했습니다…….

나한테…… 소민오빠가 뭐였고…… 지민이란 여잔…… 도대체 뭐였을까……?

나 왔다. 나 일찍 왔어……. 약속 지켰……. 소아야 엄마 어딨어……? - 소민

방에서…… 자……. 어디 아픈가봐……. 자꾸 울기만 하고…….

덜덜 떨어. 추운가? - 소아

소아와 소민오빠의 말소리가 들려왔고……. 제 방 문을 콰앙!! 하
고 열곤 제 이불을 걷어가는 사람은 소민오빠였습니다……. 전 잔
뜩 눈물이 엉킨 채로 오빠를 쳐다보았고…… 오빠는 놀란 눈으로
쳐다봤습니다.

너 왜 그래!? 왜 울어!? - 소민

무서워……. 무서워 죽겠어…… 오빠……. - 수영

전 소민오빠의 옷자락을 잡고 흔들며 울먹울먹 말했습니다…….

나만 놔두고 다 변해버린 거 같아!! 너무 무서워……. 나만…… 나
만 소외된 거 같구. 아무도 못 믿겠어……. 나. 나 어떻게 해……?
응……? - 수영

소민오빠는 절 안쓰럽게 쳐다봤습니다…….

그러곤 제 머리를 쓰윽 쓰윽 쓰다듬어주며 말했습니다…….

내가 옆에 있잖아……. 왜 그렇게 무서워해……. - 소민

전 고개를 저으며 말했습니다…….

내가 아는 소민오빠는……. 지금 내 눈앞에 있는 오빠가 아니
야……. 아니라구……. 난……. 난 지금…… 오빠……어릴 적……
그 어릴 적 오빠밖에 생각이 안 나……. 나…… 어떻게 해……?!
응……? - 수영

수영아……. - 소민

미안…… 미안해 오빠……. 지금……. 지금…… 난……. 오빠…….
소민오빠…… 사랑하지 않아…… - 수영

소민오빠는 잔뜩 동공이 커진 채 저를 잡으며 말했습니다.

아니야……. 그런 말하지 마 유수영……. - 소민

오빠가 알고 있는 유수영은…… 내가 아니야…….

미안…… 미안해 오빠…….

내가…… 지금 생각나는 사람은…… 이현우인데……. 지금…… 내가…… 기억을 잃어버리지 않은 내가…… 오빠를 사랑했다고 해도 지금 난……오빠 사랑하지 않는데……. 응……? - 수영

그런 말하지 마!! - 소민

미안……. - 수영

전…… 조용히 오빠의 품에서 떨어졌습니다…….

소민오빠는 제 손을 거칠게 잡곤 말했습니다…….

가지 마…… 유수영……. 너 가면…… 안돼……. - 소민

순간 저는 몸이 흠칫했습니다……. 하지만 전 조용히 말했습니다…….

몸은 오빠한테 반응하고 있지만…… 머리는…… 지금 내 심장은…… 반응하고 있지 않아. 수영

……. - 소민

소민오빠는…… 제 손을…… 놓아줬습니다…….

#122

하……. - 수영

아무데나 걸어다니고 있는 중입니다. 소민오빠가 손을 놓아준 뒤 대충 짐을 챙겨 아무 거리나 비틀비틀 걸어다녔습니다…….

그러다 정신을 차렸을 땐…… 어느새 소민오빠의 집 앞…….

정말…… 습관이 되어버렸군……. 발이 저절로 이리 오는 걸 보면…….

현우네…… 집이 어디더라……? - 수영

조금씩 다리가 쑤셔왔지만 -_- 전 대충 기억을 더듬어 조석고등학교 맞은편에 현우네 집이 있다는 걸 알아냈습니다. -_- 하지만 -_- 그 집이 있어야 할 곳엔 '잘 밀어 목욕탕'이 떠억~ 하니 -_- 자리 잡고 있더군요. -_-…… 젠장. -_-;;;;;;

괜히 동네 놀이터에서 -_- 뺑뺑이 타고 그네 타고-_- 미끄럼틀 타고. 결국 제풀에 지쳐 그네에 앉아 있었습니다. -_-

꼬르르륵…….

배…… 배고파아~. ㅠ_ㅠ…… - 수영

전 배고픔과 추위 (-_-;;) 에 지쳐 풀썩~ -_- 놀이터에 쓰러졌습니다. -_- 눈을 떠 하늘을 보았습니다…….

놀이터라……. 놀이터……. 옛날에 소민오빠와 내가 처음 만난 곳…….

가만히 누워 있으니까 -_-;; 모래를 기고 있던 개미새끼들이 제 몸 속으로 스물스물 기어오르는 게 느껴졌습니다……. 으윽. =ㅁ=;;

까아아아아악~! 〉ㅁ〈!!

이 미친 개미새끼들!? 죽었어 !! 〉ㅁ〈!! – 수영

전 발로 마구마구 -_-;; 개미를 밟았습니다. -_-;

미친 듯이 개미를 밟고 있을 때…… 익숙한 목소리…….

수영아……? ㅇ_ㅇ…… – 민재

어? -_-; 아…… 안녕. (-_-)/ – 수영 (아직 어색 -_-;)

민재는 씨익 웃으며 말했습니다.

어색하게 대하지 마. 〉_〈!! 우리 좋은 친구였단 말야~. 까루~. 〉_〈!! 근데 개미는 왜 밟고 있어~? 〉_〈!! – 민재

어……. -_-. 나 집 나왔어. -_-…… – 수영

ㅇ_ㅇ…… – 민재

민재는 멀뚱히 저를 보다가 휴대폰을 꺼내 띠띠띠 -_- 누르더니 퉁명스럽게 한마디 했습니다. -_-

소민형!? -_- 수영 발견했다. 오버. – 민재

헉!? ㅇ_ㅇ!! 이.이민재!! 너는 안소민의 스파이!? ㅇㅇㅇ!! (영화 찍냐? -_-)

뭐?! 그냥 놔둬!? -_-;;;;;;;;; 무슨 소리야!! 발견하면 5만원 준다며!! 〉ㅁ〈!! – 민재

-_-^ – 수영

그래서 그렇게 밝은 표정으로 나에게 뛰어왔었구나. -_-^ 제기랄.

ㅡ_ㅡ……

어. 알았어. 응…… 응. 그만하고 거기 어디야? 형. 그러지 말고 어디야……? 형? 형!! ㅡ 민재

신경질적으로 폰을 닫는 민재. ㅡ0ㅡ. 왜 그러지?

야. 유수영. ㅡ_ㅡ^ 너 소민형한테 무슨 짓 했어. ㅡ 민재

별로. ㅡ_ㅡ. ㅡ 수영 (어느새 친해진 둘 ㅡ_ㅡ;)

오호~ ? ㅡ_ㅡ+ 별로!? 별로인데 형 목소리가 완전히 제로잖아!! 밑바닥을 바닥바닥 기고 있어!! ㅁ〈〉!! 아무래도 술 먹은 거 같은데……!! ㅡ 민재

그렇게 걱정되면 니가 가. ㅡ_ㅡ+ ㅡ 수영

민재는 그 방정맞던 표정이 싸악~ ㅡ_ㅡ;; 사라지고 그 대신 저를 싸늘하게 쳐다보며 말했습니다.

유수영. 아무리 기억을 잃었다고 해도 말야…… 이 정돈 아닐 거라 생각했어……. ㅡ 민재

뭘? ㅡ 수영

지금 당장 소민형한테 가. ㅡ 민재

싫어. ㅡ 수영

민재는 잔뜩 인상을 구기며 말했습니다.

너 형한테 이상한 소리했지……. ㅡ 민재

뭘! ㅡ0ㅡ!! 난 지금 소민오빠 안 좋아한단 말야!! ㅡ0ㅡ!! ㅡ 수영

민재는 순간 눈빛이 번쩍 하더니 절 벽으로 밀어붙이곤 콰앙!! 하고 벽에 주먹을 내려쳤습니다.

아…… 아플 텐데……. ㅡ_ㅡ;;;

안 좋아한다고? 유수영…… 행실 똑바로 해. 소민형을 안 좋아한다고……?

하……. 그래……. 한번 그렇게 해봐. 너……. 내가 보장하지…… 너…… 후회해……. – 민재

후회 같은 거 안 해. – 수영

거짓말하지 마. – 민재

전 저를 똑바로 쳐다보는 민재의 눈빛을 피했습니다. 그리고 조용히 중얼거렸습니다…….

내가 왜…… 소민오빠한테 가야 한다고 다들 그러는거야? – 수영

민재는 그래도 조금 화가 풀렸는지 저를 무뚝뚝하게 쳐다보며 말했습니다.

형이랑…… 너는…… 서로 떨어지면…… 죽거든…… 서로 떨어지면…… 서로 죽게 되거든……. 이제 됐냐? – 민재

왜? – 수영

몰라. 꿈에서 내 마누라가 말해준 거야. 그리고 아까 무섭게 한 거 사과할게. 〉_〈 용서해줄 거지? – 민재

금방 삐지고 금방 풀리는 놈……. –_–……

그래. –_–……– 수영

그럼 너 우리 집에 가서 코코아 먹을래? 나 심심해~. 〉_〈 – 민재

전 민재의 집에 갔습니다. –_–

문을 열자 보이는 것은 온통…… 어떤 여자의 사진…….

아…… 한지민…… 사진…….

얘가 내 마누라야. ^–^ 너랑 아주…… 아주 친했던 애야. – 민재

나 알아 이 사람……. – 수영

그래…… 모를 리가 없겠지……. – 민재

민재는 씁쓸한 표정을 지으며 부엌으로 들어갔습니다……. 전 앉아서 방을 둘러보았습니다.

이리저리 둘러봐도…… 온통 보이는 건…… 한지민이란 여자의 사진뿐……. 그리고 소파 옆 액자를 보자…… 단체 사진인 듯…… 바닷가에서 다들 웃으며 서 있다…….

제일 내 눈에 띄는 건…… 내가 소민오빠의 손을 잡고 씽긋 웃으며 서 있는 것……. 소민오빠도 살짝 웃으며 제 손을 꽈악 잡고 있습니다…….

그거 바닷가 갔을 때 찍은 거야. – 민재

응?! ○_○ – 수영

어느새 민재가 코코아를 건네주며 말했습니다…….

저번에 너랑 소민형이 바닷가 산책하러 갔다가 둘 다 미역이랑 해파리로 완전히 둔갑하고 나타났었거든!? 그때 정말 끝내주게 웃겼어. 쿠쿡……. – 민재

그…… 그래? – 수영

민재는 어색하게 코코아를 마시는 저를 보며 말했습니다.

너 언제 기억 돌아올래? 벌써 일주일이 지났는데……. – 민재

나도 몰라……. 근데 난 지금 이게 편해. – 수영

유수영……. 너 그거 알아? 너 교통사고 안 당할 수 있었어……. 그런데 말야. 너랑 소민형의 딸 소아를 안고 니가 대신 차에 치였어. 그만큼 너는 잘난 엄마였다고……. – 민재

제가 아무 말도 안 하고 앉아 있자 민재는 코코아를 살짝 마시며 다시 입을 열었습니다…….

니가 소민형 얼마나 애태웠는지 아냐? 쿠쿡……. 그 형 정말……. 겉보기엔 안 그런 것 같아도 누구보다 마음 여린 사람이라는 거 잘 알지? - 민재

잘난 척에 싸가지 와방이던데 뭐……. 꿍얼꿍얼. -_-;; - 수영

그건 자기 약한 마음을 감추려고 하는 방패막이일 뿐야. 자세히 들여다봐라. 얼마나 순진한데. 쿠쿡……. - 민재

전 민재를 쳐다보며 말했습니다…….

소민오빠…… 고등학생 때 어땠어? 나 만나기 전에? - 수영

^-^……. 물론~ 고등학생 때도 니 사진 가지고 다니면서 널 자랑하고 다녔지. - 민재

내…… 내 사진!? - 수영

그래. 소민형이 얼마나 말하고 다녔으면 내가 니 신상정보를 다~ 알겠냐? -_- - 민재

떠헉~. @ 0 @!! 그럼 이 녀석이 내 스리사이즈도 안단 말인가!? -_-;; 설마 그것까지……?

니 스리사이즈도 다 알아. -0- - 민재

설마가 사람 잡네……. -_-……

민재는 씨익 웃더니…… 코코아를 다 먹고 부엌으로 가면서 제게 말했습니다…….

소민형…… 잘해줘야 돼…….

책임감을 주는 게 아냐……. 싫다면 단호하게 싫다고 말해. 그런데

넌 지금 내 말을 듣고 우물쭈물하고 있잖아……. 그건…… 내가 보기엔 기억을 잃어버린 지금도 여전히 형을 사랑하고 있다는 증거 같다. - 민재

난……!! - 수영

이현우를 좋아한다고!? 웃기지 마 유수영, 그건 풋사랑일 뿐이야. 내가 보기엔…… 이현우 그 자식한테는 사랑이었을지 모르겠지만 너한테는 아냐. - 민재

전 고개를 푸욱~ 숙이고 말했습니다…….

나…… 하루만…… 여기서 머물다 갈게……. - 수영

민재는 씽긋 웃으며 말했습니다…….

하루만 머물다 가는 건 좋아. 하지만 꼭 소민형한테 돌아가야 한다는 거는 잊지 마. - 민재

전 그저 아무 말 없이 컵을 만지작거렸습니다.

민재는 재킷을 걸치고는 문을 나섰습니다.

어디 가!? - 수영

민재는 매력적인 미소를 지으며 말했습니다…….

너랑 하루를 같이 지냈다고 하면, 아무런 일이 없었다 하더라도 소민형이 알면 나 죽음이거든. ^-^ 그럼…… 잘 자라. - 민재

#123

이런 날 안다면 웃으며 너는 돌아올까
처음만 자유롭던 이별에
무얼 해야 해 혼자 남은 시간 슬픔을
둘 곳 없이 헤맬 뿐
후회하는 내게 다시 오라하면
이기적인 날 용서해주겠니
남은 소원 나 하나라면 널 보고 싶어
-팀의 〈별〉 중에서-

으음…… . ㅠ_ㅠ…… - 수영
상쾌한 아침~ -_-;; 입니다. -0-
일어나보니 파란색 침대 위에 제가 드러누워 있더군요
기지개를 켜고 앞에 걸려 있는 거울을 보는 순간…… .
형!! 도대체 왜 그러는 거야!! - 민재
깜짝! ㅇ_ㅇ!! - 수영
놀라서 침대에서 일어나다 자빠졌습니다. -_-.
도대체 뭐야!? -_-;;
전 빼꼼히 문을 열어봤습니다…… .

문을 열자마자 보이는 건…… 민재의 뒷모습과 동시에 지친 듯이 보이는 소민오빠…….

아. 어……. –_–;;;; 왜 말문이 막히는지……. –_–;;

이렇게 망가진 오빠의 모습을 보니 말문이 떠떠떡~ –_–;; 하고 막힙니다.

후……. 이제 나도 그만할래……. 이제…… 그만……. – 소민

형!! 수영이가 무슨 말을 잘못했는지는 모르겠지만 형이 그렇게 포기해 버리면 걘 어떡하라고!! – 민재

포기해? 뭘……?

……심장이 덜커덩!! 하고 떨어지고…… 맥박수가 쿵쾅쿵쾅거리며 작동했습니다…….

소민오빠는 잔뜩 늘어진 머리를 올리지도 않고 그저 고개만 숙이고 있을 뿐입니다……. 민재는 잔뜩 화가 났는지 그런 소민오빠를 쳐다보고 있고…….

나도…… 지쳤다……. – 소민

형!! – 민재

전 방문 앞에서 스르르륵 주저앉았습니다…….

뭐가…… 뭐가 어떻게 돌아가는 거야?

민재는 잔뜩 화가 났는지 말했습니다.

형……. 이렇게 약했었어? 이렇게 바보같이 굴 거야? 어? – 민재

그 순간…… 제 심장을 뚫고 지나가는 한마디…….

날 사랑하지도 않는 사람을 쳐다봐서 뭐해……? – 소민

싸아……. 조용한 침묵이 무겁게 자리를 잡고 있고…… 민재도 말

문이 막혔는지 주먹을 꽉 쥐고 있을 뿐…….

어느새 제 눈엔 눈물이 뚜욱뚜욱 흐르고 있었습니다……. 이때 갑자기 제 귀에 들리는 소리…….

수영이도 다 들었어…… 형……. - 민재

번쩍! 하는 머리의 충격과 함께 눈을 들어 쳐다보자…… 잔뜩 슬픈 눈으로 날 바라보는 소민오빠와…… 눈이 마주쳤습니다.

전 놀라서 방으로 허둥지둥 들어갔습니다…….

소민오빠는 돌아서는 저를 잡지 않고 그저 고개만 푸욱 숙이고 있을 뿐입니다…….

마구마구 발광하는 민재의 목소리가 들렸습니다…….

빨리 들어가 봐!! 빨리 들어가 보라구!! 유수영!! 너 안 나와? 나 화낸다!! - 민재

민재는 꼬옥 잠근 문을 쾅쾅쾅!! 치며 소리쳤습니다…….

전 손잡이를 꽈악 잡고 고개를 숙이고 있었습니다…….

내 잘못이야……. 기억만…… 안 잃었으면…… 이렇게 되지 않았을 텐데……. 왜…… 나는…….

우흑……. 우아아아앙!! ㅠ0ㅠ!! - 수영

갑자기 쾅쾅거리던 문소리가 멈추고 누군가 이리로 오는 소리가 들렸습니다…….

우흑~. -_-;; 우아아아앙!! 우에에엥!! ㅠ0ㅠ!! - 수영

아……. -_-. 나는 울어도 빈티가 쫙쫙 나는 울음소리만 내는구나……. 비참한 거. -_-;;;;

제가 엉엉~ 거리며 울고 있자…… 똑똑 거리는 노크소리와 함께

조용한 목소리가 울려 퍼졌습니다…….

유수영…… 울지 마……. - 소민

뚜욱~. 거짓말처럼 눈물이 멈췄습니다…….

눈물을 쓰윽 쓰윽 닦고 앉아 있는데, 소민오빠의 조용한 음성이 들렸습니다…….

문…… 열어……. - 소민

전 고민하다 조금 얼굴을 내밀며 말했습니다…….

들어와……. - 수영

소민오빠는 문을 열더니 방으로 들어왔습니다…….

침대에 걸터앉은 저와…… 주머니에 손을 넣고 저를 빤히 쳐다보는 소민오빠…….

이제…… 됐니? - 소민

뭘……? - 수영

니가 원하는 대로 됐잖아……. 우리가 하는 얘기 너도 다 들었으니까 알 거라 생각한다……. - 소민

싫어……. - 수영

싫어……. 이런 걸 원하는 게 아니었다구……. 난…….

전 소민오빠의 팔을 덥석 잡고 말했습니다.

나…… 나 안 헤어져……. 오빠랑 안 헤어질래……. 어젠…… 내가……. - 수영

하지만 고개를 푸욱 숙이고 말하는 오빠의 말 한마디는 이렇게 애걸하는 내 마음을 발기발기 찢어놓았습니다.

미안……. 내가 지쳤다……. - 소민

WHEREVER EVER YOU GO EVER YOU GO
내 맘 깊은 곳에 넌 사는걸
EVER YOU GO EVER YOU GO
너를 사랑해 내게 준 이별까지
하늘 같은 곳에 살면서 너를 볼 수 없어
세상 끝보다 멀리 있는 너
여기 이 골목 돌아서면 널 볼 수 있나
WHEREVER EVER YOU GO EVER YOU GO
내 맘 깊은 곳에 넌 사는걸
EVER YOU GO EVER YOU GO
너를 사랑해 내게 준 이별까지 ……
－팀의 〈별〉 중에서－

#124

싫어……. 오빠……. 그건 싫어……. - 수영

지쳤다는 그 말을 듣자마자 눈에 눈물이 잔뜩 고였고…… 소민오빠도 제가 흔드는 대로 흔들리고 있었습니다…….

나…… 이제부터 나 잘할게……. 응? 다신 아…… 안 그럴게…… 오빠. 응? - 수영

제 손을 매정하게 탁 하고 쳐내는 소민오빠…….

싫어…… 싫어…….

순간 찢어지는 듯한 머리의 고통이 저를 눌렀고, 저는 잠시 비틀거렸지만 몸을 겨우 가눴습니다……. 소민오빠는 고개 들어 그런 절 쳐다보곤…… 차갑게 방을 나갔습니다…….

아아으윽……. ㅠ_ㅠ……. - 수영

침대에 털썩 앉자마자…… 머리가 또 지끈거렸습니다…….

어지러워…….

정신을 똑바로 차리려고 머리를 흔들자 흐릿하게 민재의 영상이 보였습니다.

수영아 있잖아. 지금…… 수…… 수영아……!? - 민재

아…… 나 어지러워……. - 수영

침대에 쓰러지듯 누워 이불을 덮었습니다……. 민재는 그런 저를

한번 쳐다본 다음 방을 나갔습니다……. 무언가 머리에 부닥친 걸 느꼈지만 그냥 누웠습니다……. 머리 속이 무척 아팠습니다…….

미…… 민재야……. 이…… 이민재!! – 수영

왜 그래!? 수…… 수영이 너……. 가만히 앉아 있어!! 움직이지 마!! – 민재

민재는 허둥지둥 나갔습니다…….

침대에서 몸을 일으켜 일어나 보니. 아야……. 바닥에 유리조각이 잔뜩 널려져 있었습니다…….

나……. 아까 침대에 누울 때 있던 액자가 내 머리에 브닥쳐 깨진 건가? –_……

발에 잔뜩 피가 났습니다…….

전 침대에 다시 앉아 민재를 기다렸습니다…….

너…… 병원 가자……. – 민재

싫어……. – 수영

왜 안 가겠다는 거야!! 혈관 속으로 유리조각이 타고 가면 죽는다는 거 몰라!? – 민재

차라리 죽는 게 나아……. 아픔도 느껴지지 않아……. 나 어떡해…… 민재야? – 수영

민재는 묵묵히 저를 바라보다 저에게 소독약과 약을 던져주며 말했습니다.

정말 바보야 유수영……. – 민재

콰앙~ 하고 문을 닫고 나가는 민재를 쳐다보다 잔뜩 피가 엉킨 제 발을 보았습니다…….

그냥 차라리 죽어버렸으면……. 지금 이렇게 끔찍한 기분…… 정말 싫은데…….

가만히 앉아 있는데…… 갑자기 울면서 문을 열고 저를 쳐다보는 지희와…… 놀란 눈으로 날 쳐다보는 민호오빠…….

너……. 너 이게 뭐야…… 응? 유수영…… 너 이게 뭐야? - 지희

수영이 너…… 도대체 무슨 짓을 한 거니? - 민호

지희가 빗자루를 가지고 와 유리조각을 다 치웠습니다. 민호오빠는 제 옆에 앉아서 심각한 얼굴로 말했습니다. -_-

너 도대체 이런 일을 왜 한 거니? 세상을 살고 싶지 않았니? -_- 그러면 안돼 수영아. -_- 너에겐 밝은 미래와 희망찬 내일이 있잖아. - 민호

-_-…… 그 말은 내가 자살하는 청소년이라도 된단 말인가!?-_-^ 그리고 밝은 미래와 희망찬 내일은 교도소에서나 들을 수 있는 말이 아닌가? -_-^

지희가 유리조각을 다 치우곤 와서 말했습니다.

오빠 나가 있어. -_-+ - 지희

왜! -O-! - 민호

나가!! -_-+ - 지희

민호오빠는 지희가 던진 걸레에 -_- 정통으로 맞곤 -_- 투덜투덜거리며 나갔습니다. -_-

지희는 제 발에 소독약을 바르고 붕대를 칭칭 감아주곤 계속해서 눈물을 흘렸습니다…….

그만 울어……. - 수영

너 정말 바보야……. 왜 이런 짓을 한 거야……. – 지희

전 또다시 눈물을 흘리며 말했습니다.

오빠가…… 소민오빠가…… 헤어지재……. – 수영

뭐……? – 지희

지희는 잔뜩 화가 난 얼굴로 말했습니다.

거짓말일 거야. 진짜로 소민오빠가 자기 입으로 너랑 헤어지자고 하디? –_–^ – 지희

전 말없이 고개를 끄덕였고…… 제가 고개를 끄덕이자마자 들리는 소리…….

왜 그런 짓을 한 거야!! – 민호

형. –_–;; 좀 조용히 해. – 민재

조용히 못하겠다. 나의 소중하고 짜증나는 동생아. –_–+ – 민호

민호오빠의 말이 들리자마자 벌컥~ 문이 열리고 당황한 표정을 짓는 민재와 잔뜩 절 안쓰러운 눈으로 바라보는 민호오빠……. 그러곤 당당하게 소리치는…….

수영아! 소민녀석 집으로 가자! –0–!! – 민호

싫어요……. 이제 지쳤대요. 나 보기도 싫어할 거예요……. – 수영

–_–+ – 민호

–_–;;;; – 민재

민호오빠는 민재를 휘익~ –_– 째려보곤 다시 저를 쳐다보며 말했습니다.

수영아 있잖아……. – 민호

형!! >_<!!

형형~ 나랑 술 한잔 어때!? 캬~ 내가 쏠게! 〉_〈! – 민재

너 지금……. –_–^ – 민호

좋다구!? 〉_〈! 그래그래~. 〉_〈!! 가자! 가자!! 형! – 민재

민재는 –_– 민호오빠를 엄청난 힘으로 들곤 마구마구 뛰었습니다……. –_–…….

지희는 황당하단 듯 쳐다보다가 다시 저를 쳐다보며 말했습니다.

맛있는 거 먹을래? –_– 니가 좋아하는 초밥 사왔어. 기운 좀 내. –_– 소민오빠가 지쳤다고, 싫다고 해도 니가 좋아하게 만들면 되잖아. ()_()b – 지희

그럴 힘도 없어……. ㅠ_ㅠ……. – 수영

지희는 후다닥 초밥을 가지고 와서 제게 젓가락을 쥐어주고 말했습니다.

먹어. –_– 니가 좋아하는 새우초밥이야. – 지희

우물우물……. 마…… 맛있어……. 우흑~. ㅠ_ㅠ~ – 수영

너 지금 맛있어서 우는 거냐 슬퍼서 우는 거냐?–_– – 지희

둘 다야. ㅠ_ㅠ…… 와사비 너무 많이 찍었나? ㅜ_ㅜ? – 수영

–_–;;;;;;; – 지희

초밥을 다 먹고 발이 욱신거리는 걸 참으며 혹시 발에 유리조각이 박혀 있을지도 몰라 병원에 갔습니다.

흐음……. 유리조각이 자잘하게 박혀 있는 거 다 빼냈습니다. 어쩌다가 이렇게 됐어요? –_– – 의사

머리로 액자를 헤딩해서 와장창 유리 깨뜨려 놓고 그걸 또 밟아서 이렇게 됐대요. –0– – 지희

야! *-_-* - 수영

아 쪽팔리는 거……. -_-……

의사선생은 흠흠 -_-; 헛기침을 하고 발에다 붕대를 감아주며 말했습니다.

별로 심하진 않으니까 일주일 뒤에 오세요. -_- - 의사

네. -_- - 수영

병원을 절뚝거리며 나오자 지희가 저를 쳐다보며 말했습니다. -_-

너 우리 집에 가자~. 잠깐만~. - 지희

싫어. -_- - 수영

지희는 사악한 미소를 지으며 말했습니다. -_-;;

싫다고 해도 넌 가야 돼~ +_+!! 넌 지금 발 다쳤지? 내가 지금 너를 부축하는 팔을 빼면……. - 지희

아아악~. ㅜ_ㅜ!! 나 엎어져!! - 수영

자~ 우리 집으로 가자! 가자! >_<!! - 지희

ㅜ_ㅜ……. - 수영

질질 끌려서 온 지희네 집. -_-^

꿍얼꿍얼 내가 왜. -_- 씨부렁씨부렁. -_-;;;

기다리고 있어! >_<!! 금방 나올게! - 지희

빨리 나와. -_-+ - 수영

멀뚱히 서 있으니 괜히 발에 신경이 쓰였습니다. 붕대로 칭칭 감아진 두 발이 괜히 징그러워서……. -_-;; 땅을 발로 가만히 착착 차고 있을 때였습니다.

아아~ 그만! 그만해. -_-^ - 소민

내가 흥분 안 하게 생겼냐!? 왜 그런 짓을 했냐고!! -O-!! - 민호

헉! O_O!! 민호오빠와 소민오빠다! +口+;;

전 사사삭~ -_-;; 뒷골목으로 숨어서 두 사람의 말에 귀를 기울였습니다…….

어쩔 수 없었어. 충격이 필요하대. - 소민

참 나. -_-^ 그래 참~ 충격 잘 줬어~ 잘 줬어~. 얼마나 잘 줬으면 수영이가 유리조각에 발을 잔뜩 찔려서 피가 엉키고…… 아주……. -_-+ - 민호

뭐!? - 소민

수영아~ 오래 기다렸지~ 나 왔~. 〉_〈……. 어? 수영이는……? 오빠 수영이 못 봤어요?O_O. - 지희

아악!! ㅠO ㅠ!! 지…… 지희!! ㅠOㅠ~!!

-_-? 야, 스머프. 수영이라니……? -_- - 민호

어? 분명히 여기 서 있었는데? O_O - 지희

수영이…… 여기 있었어? - 소민

네……. 아…… 소민오빠. -_-+ 그러는 거 아니에요. 어떻게 수영이한테 그럴 수 있어요!? 네!? -_-+ - 지희

야, 스머프 -_- 그건 말야……. - 민호

어!? 유수영! -_- 너 거기서 뭐해!? - 지희

헉! +口+;;

드…… 들켰다. -_-;; 지희가 보는 쪽으로 눈을 돌려 나를 쳐다보는 민호오빠와 소민오빠……. -_-;;

전 뒤를 돌았습니다……. =口=;;

야!! 유수영!! – 소민

으윽~. ㅜ_ㅜ. 쪼…… 쪽팔려!! ㅜ_ㅜ.

뒤돌아서 막 뛰어가는 순간…….

띠이잉~. @ _ @ …….

야, 거기 –_–. 전봇대 있단 말야……!! –_–;; – 소민

수…… 수영아!! +ㅁ+;; – 지희

–_–;;;; – 민호

아아……. ㅠ_ㅠ.

난 만날 왜 이래……? ㅠ_ㅠ……

#125

모든 게 정상이군요. -_-

유수영양. -_- 지금 당신이 누군지 알겠습니까? - 의사

몰라요……. - 수영

네!? -_-;; 지금 모든 게 정상수치로 돌아왔는데……? - 의사

나 한국대 유수영이니까 나가줘요……. - 수영

좀 웃기는 일이지만, 전봇대에 콰앙! -_- 하고 세게 부딪치는 바람에 -_-; 기억이 다시 돌아온 저입니다. -_-.

정말 기뻐해야 하는 일인데 제가 우울해 하는 이유는…… 그동안 기억상실증에 걸렸을 때 있었던 일들이 모두 생생하게 기억이 난다는 겁니다…….

소민녀석이…… 이제는 지쳤다고 한 것까지도…….

수영아!! >ㅁ<!! - 지희

-_-? - 수영

침대에 누워 빼꼼히 쳐다보니 지희가 절 마구마구 흔들며 -_-;; 소리치고 있습니다. -_-

웬일이니~ 웬일이니~. 까하하하~ >ㅁ<!! 전봇대에 부딪쳐서 기억이 돌아왔다니~. 푸하하하~. >ㅁ<!! 아…… 아무튼 추…… 축하~. 까하하하~. >ㅁ<!! - 지희

－_－^ 고…… 고마워. －_－^ － 수영

힐끔 쳐다보니 잔뜩 울먹거리는 표정으로 소아가 저를 쳐다보고 있었습니다…….

전 씽긋 웃으며 말했습니다.

소아 이리와. 엄마랑 같이 잘래? ^-^ － 수영

우우욱……. －_ㅠㅠ……. － 소아

소아는 쪼르르~ 제 품에 안겨서 마구마구 울었습니다.

시…… 시끄러. －_－;;

소아가 조심했으면…… ㅠO ㅠ!! 엄마 안 다쳤을 텐데……. 엄마, 정말 미안해. ㅠO ㅠ!! － 소아

괘…… 괜찮으니까 －_－; 귀 바로 옆에서 울지 마. －_－;; － 수영

이상하게도 －_－ 교통사고 났을 땐 몸에 아무 이상이 없었지만 전봇대에 －_－;; 부딪쳤을 때는 머리에서 피가 심하게 났는지 붕대가 머리에 이리저리 휙휙 감겨 있었습니다. －_－;;

조금 뒤에 민호오빠와 소민녀석이 들어왔습니다…….

수영이 괜찮니? ^-^ － 민호

네. ^-^ － 수영

소민녀석은 아무 말도 안하고 절 그저 쳐다만 보고 있습니다.

헹. －_－^ 그렇게 동정심 유발하는 모습으로 쳐다보면 누가 봐줄 줄 알아?

……지쳤다는 그 한마디에…… 나 진짜로 아팠다구…….

민호오빠와 지희 그리고 소아도 나가고 병실에는 소민녀석과 저만의 무거운 침묵이 흘렀습니다…….

몸은 어때? – 소민

아주 좋아. – 수영

그래…… 어디 아프진 않고? – 소민

응. – 수영

전 계속해서 창가를 바라보며 말했습니다.

조금 뒤에 녀석의 무거운 목소리가 들렸습니다…….

한번도…… 나 안 쳐다봐 줄 거니? – 소민

……. – 수영

전 조용히 녀석을 응시했습니다.

녀석을 보는 순간…… 왜 그랬는지…… 매정하게 굴려고 했는데 눈물이 뚝뚝 흘렀습니다…….

소민녀석…… 핼쑥해진 게…… 너무 가슴 아픕니다…….

왜 울어……? – 소민

밥도 안 먹었지? 응? 술만 먹었지……? 왜 그랬어? – 수영

소민녀석은 어느새 침대로 와 저를 껴안곤 말했습니다…….

아니……. 밥 꼬박꼬박 먹고 술 안 먹었어……. – 소민

거짓말 마……. 나쁜 놈……. – 수영

내가 나쁜 놈이면…… 넌 나보다 더 나쁜 애야……. 나한테 떠억 하니 사랑하지 않는다고 말하고……. 옛 사랑 이름 마구마구 부르고……. – 소민

전 소민녀석의 어깨를 더욱더 끌어안았습니다…….

뼈만 남았어……. 밥도 안 먹고…….

전 순간 -_- 퍼뜩! 하는 게 있어서 녀석의 품에서 떨어져 나갔습

니다. -_-

왜 그래? -_- 분위기 좋은데……. -_-- 소민

오빠……. 오빠가 나한테 지쳤다고 했지……. - 수영

그…… 그건……. -_-;;;;; - 소민

오호~. -_-;; 웬일로 천하의 안소민군께서 당황을 하지!? +_+!!

녀석은 후~ 하고 한숨을 쉬더니 말했습니다. -_-

그건 말야……. - 소민

그건 내가 설명할게. -_- - 민재

이민재!! -_-;;

너 무슨 순간 이동하니!? =ㅁ=;; 언제 또 와 있었는지……. -_-;;

민재는 흠흠~ 하고 헛기침을 하더니 말했습니다.

수영이 너 충격 때문에 부분기억상실증 걸린 거잖아? -_- - 민재

그…… 그렇지. -_-;; - 수영

소민형은 -_- 너한테 또 다른 충격을 주려고 했던 거야. 그 충격
으로 니 기억을 되살리게 하려고……. -_-- 민재

그래서 선택한 게…… -_- 헤어지자는……. - 수영

그렇지! -_-- 민재

전 소민녀석을 홱~ -_- 돌아봤습니다. -_-;; 녀석은 초콜릿 껍질
로 학을 접으며 놀고 있더군요. -_-……

남의 마음 갈기갈기 상처 주고 그걸로 기억 되살린다고 그런 바보
같은 짓을 했단 말야!? ㅠ_ㅠ……

어어~? -_-;; 유…… 유수영!! 울지 마!! 내가 잘못했다니깐~. 나
도 지금 후회 만땅으로 하고 있다구!! - 소민

오빠…… 정말…… 나아쁜 넘이야!! 〉ㅁ〈!! − 수영

−_−^ 그래…… 나 나쁜 놈이라 그런다. 됐어? −_−+ − 소민

응. −_ㅠ − 수영

소민녀석은 황당하단 듯 웃고는 무언가 결심한 듯 말했습니다. −_−

유수영. 니 딸 이름이 뭐지? −_− − 소민

안소아. −_− − 수영

내 이름은? −_− − 소민

안소민. −_−;; 왜 그래? − 수영

아니……. −_− 정말 기억이 돌아왔나 확인작업. −_− − 소민

−_−;;;;;;;;; − 수영

전 황당한 듯 웃다가 −_− 갑자기 퍼뜩! 생각이 났습니다.

오빠. 고등학교 때 내 사진 가지고 다녔어? ㅇ_ㅇ − 수영

어!? ///////…… 누…… 누가 그런 말을 하디? −_−;; − 소민

아니……. −_−;; 어디서 들은 건데……. − 수영

제가 말끝을 흐리자 녀석은 얼굴이 빨개질 뿐 아무 말도 안 합니다. −_−.

뭐야!? 왜 아무 말도 안 해!? − 수영

됐어. *−_−* 초콜릿 먹을래? − 소민

나 초콜릿 지겨워~. −_− 말해봐~. 진짜야? − 수영

−_−…… − 소민

소민녀석은 가만히 저를 쳐다보다 안쪽 품속에서 지갑을 꺼내 펼쳐 보여주었습니다…….

자. 내 신부님이자 지금 내 마누라님 사진이다. − 소민

……마…… 마누라…… 정말…… 이쁘네? ^-^ – 수영

녀석의 지갑 속엔 초등학생 때부터 고등학교 졸업 때까지…… 제 사진이 가득 끼워져 있었습니다……. 그리고…… 그중에서도 소아를 안고 활짝 웃고 있는 제 사진이 맨 앞의 자리를 차지하고 있었습니다…….

내 마누란데 말야…….

나 정말 아프게 하고…… 애태웠다……?

아주…….

지치고 힘들 때도 많았지만…… 웃는 얼굴 보면서

다시 기운 낼 때가 더 많았어…….

이젠…… 행복하겠지? – 소민

전 씽긋 웃으며 말했습니다…….

영원히 해피엔드야, 오빠. ^-^ – 수영

제3장
축제의 밤

#126

먹어!!+口+!! – 수영

싫어!! 안 먹어!! 〉口〈!! – 소아

왜 안 먹는 건데~!! +口+!! – 수영

맛없단 말야!! 맛없어!! 〉口〈!! – 소아

–_–……. 제발 무사히 식사 좀 마치자 제발. –_–^ – 소민

소민녀석은 젓가락을 휘휘~ –_–. 돌리며 저와 소아의 식사 전쟁을 지켜보고 있습니다. –_–^

이익……. 시금치가 왜 맛이 없는데!! +口+!! – 수영

맛없어!! 〉口〈!! 풀때기 먹어서 뭐가 좋아!! 〉口〈! 엄마나 잔뜩 먹어서 뽀빠이 엄마 돼라!! 〉口〈!! – 소아

뭐…… 뭐!? –_–^ 뽀…… 뽀빠이. 이게 진짜!! +口+!! – 수영

흥! –_–+ 안 먹어! 나 유치원 그냥 갈래! – 소아

야!! 〉口〈!! – 수영

허무하게 쾅~ –_–…… 하고 닫혀져 버린 문……. –_– ……

젠장……. ㅠ_ㅠ……. 내가 시금치무침을 얼마나 맛있게 만들었는데……. 우물우물……. ㅠ_ㅠ.

소민녀석은 시금치를 들고 충격 먹고 있는 저를 –_–;; 빤히 쳐다보더니 말했습니다. –_–.

너 요리 실력이 많이 떨어졌다? -_- - 소민

뭐!? -_-+ 아…… 아니야!! - 수영

너 못하는 요리 딱 하나 있잖아. -_- 삼계탕. -_- - 소민

그…… 그건. -_-;; - 수영

수영이의 치명적인 요리 약점이 있었으니 -_-;; 그것은 바로 녀석이 가장 좋아하는 삼계탕을 할 줄 모른다는 것이었습니다. -_-;;

오…… 오빠…… -_-;; 저기…… 삼계탕 말고 곰탕도 있고 순두부탕도 있고~. -_- - 수영

나 닭 종류 좋아하는 거 알지?-_- - 소민

-_-;;;;;;;; - 수영

삼계탕 기대할게. 쿠쿡~. -_- - 소민

소민녀석은 -_- 얼마 전에 면접시험을 봐서 지 말로는 아주 거뜬하게 -_- 큰 회사에 들어갔습니다. -_-

봉급쟁이 쉐리. -_-^ 잘난 척하긴……. -_-+

전 녀석의 뒤깡 까는 걸 멈추고 -_- 심각한 고민에 빠지고 말았습니다…….

사…… 삼계탕이라……. -_-……. - 수영

전 한번 도전해 보기로 하고 -_-;; 닭을 사러 갔습니다. -_-

아저씨. -_- 생닭 얼마예요? ㅇ_ㅇ - 수영

에구~ -_- 아가씨가 만지게? 자…… 만원만 줘. -_- - 아저씨1

으헉! +ㅁ+;; 왜 모가지가 짤려 있는 거지!? ㅇ_ㅇ;;

제 눈엔 모가지가 짤린 부분에 닭의 눈이 달려 있는 것처럼 보였습니다…….

제…… 제기랄. -_-;;

전 조심스레 닭을 사가지고 와서 -_- 요리책을 펼쳤습니다. -_-;;

우…… 우선 -_. 닭은 삶는다. -_- - 수영

전 작은 냄비에 닭을 넣었습니다. -_- 거기다 물을 붓그 맛소금으로 간을 한 다음 TV를 보면서 -O- 기다리기로 했습니다.

…….

까하하~ 이거 진짜 웃긴다. 〉_〈!! - 수영

그러다 무심코 다시 본 -_- 요리책은…… -_-…… 2인용 분량의 소금과 육수를 말하고 있더군요. -_-;;;;;;;;;

이런 제기랄. -_-;;

전 다시 닭집으로 갔습니다. -_-;;

아저씨. -_- 닭 한 마리 더 주세요. =ㅁ=;; - 수영

그려~. 내 새댁 이쁘니까 한 마리 더 주지~. - 아저씨1

우호호~. -v-* 이…… 이쁘대~. -_-;;;;

아…… 아니 -_-; 지금 이럴 때가 아니지. -_-;;

닭이 들어 있는 냄비에 새 닭을 넣으려고 하니 -_-; 냄비가 작았습니다. =ㅁ=

좀더 큰 냄비를 꺼내 닭 세 마리를 몽땅 넣고 -_-;; 물은 한 냄비 가득 찰 정도로 -_-;; 부은 다음 소금을 뿌려서 -_-;; 닭이 끓을 때까지 기다렸습니다. -_-

…….

어디……. 우엑~. +ㅁ+;; - 수영

이게 과연 삼계탕일까……. -_- 이건 소금물이 아닐까? -_-;;;;;

닭 세 마리는 소금의 성분에 추욱~ -_-;; 늘어져 있었습니다.

전 당황해서 냄비에다 물을 더 붓곤 -_-; 쏜살같이 다시 닭집으로 달려갔습니다. =ㅁ=

미치겠습니다……. 이젠 닭집 아저씨와도 많이 친해질 거 같습니다. ㅠ_ㅠ 닭집 가는 길도 익숙합니다. ㅠ_ㅠ.

전 닭 2마리를 새로 사서 -_-;; 엄청나게 큰 냄비를 꺼내 닭 5마리를 몽땅 넣었습니다. -_-;;; 그리고 물을 한 대야 -_-; 붓곤 -_- 기다렸습니다. =ㅁ=;;

…….

다녀왔습니다!! 어? -_- 엄마! -_- 부엌에서 뭐해!? O_O - 소아

소아야……. -_-…… - 수영

응? O_O. - 소아

닭 한 마리 좀 사올래? -_-;;;;;;; - 수영

소아는 닭 한 마리를 사가지고 -_- 쫄랑쫄랑 오더니 제 손에다 척! -_- 안겨주고는 말했습니다.

통닭 해줄 거야? O_O - 소아

아니……. -_-;; 삼계탕이라고……. -_-;;;;;; - 수영

하지만 -_- 냄비 속에 있는 것들은 삼계탕이 아니었습니다. -_-;; 완전히 닭밭이었습니다. -_-;;;

저녁이 되고……. -_-;; 전 어떻게든 닭밭을 삼계탕으로 변신시키려 노력했지만……. -_-;;

전 결국 소파에 앉아 -_- 망연자실하고 있었습니다. -O-;

다녀왔어……. 어!? 너 정말 삼계탕 한 거야!? O_O - 소민

어억!! +ㅁ+;; 오…… 오빠!! 냄비 열지 마!! 아……. -_-;;;;; - 수영

-_-;;;;; - 소민

소민녀석은 냄비를 열어보곤 경악을 금치 못했습니다. -_-;;

목 잘린 닭들이 6마리나 둥둥~ -_-;; 떠다니고 있고 국은 얼마나 소금을 퍼부었는지 음식 냄새에서도 잔뜩 소금 내음이 묻어났습니다. -_-; 게다가 어떻게 파는 썰었는지 파와 닭의 오묘한 조화가 어울리고 있었습니다……. -_-;;;;;;;

유수영…… 이게 뭐냐? 판타스틱 닭요리냐? -_-…… - 소민

ㅠ_ㅠ……. - 수영

엄마! 아빠! -0-! 나 배고파~. - 소아

저는 눈물을 머금고 닭 6마리를 -_- 버려야 했으며 -_-;;; 그날 저녁은 24시 편의점에서 파는 도시락으로 때웠습니다. -_-;;;

#127

지희 →자존심←

언제나 환하게 웃는 얼굴……
씽긋 웃으면 살짝 보이는 검은색 눈……
살짝 올라가는 붉은 입꼬리…….
나만을 향해서 웃어줬으면……

야야! 스머프! 〉_〈!!
나 레포트 좀 써줘~. ㅠ_ㅠ - 민호
이씨. -_-^ 니가 해! -_-+ - 지희
아아~ 한번만~? 응? 〉_〈!! - 민호
후……. -_-=33 이번이 마지막이야! - 지희
내 남자친구 이민호. 잘생기고 준수한 외모 덕분에 여자도 엄청 많이 따른다. -_-^
솔직히 이 녀석을 쳐다보는 여자들 눈이 너무나 싫다.
하지만 녀석은 아무런 거리낌 없이 환하게 웃으며 나에게 레포트를 던져주었다. 그리고 하는 말…….
내가 초코파르페 사줄게!! 부탁해!! ^-^* - 민호
-_-……. - 지희

쳇. ㅡ_ㅡ^ 내가 저 미소에 안 넘어갔으면 이런 일도 안 했을 텐데……. 꿍얼꿍얼. ㅡ_ㅡ;;;

그래도 멀대녀석의 레포트를 씨익 웃으며 쳐다보았다.

그래……. 이 멀대 공부도 못하는데. ㅡ_ㅡ (인정함 ㅡ_ㅡ;;)

어? 지희? 뭐해? ㅇ_ㅇ ― 수영

엉 ㅡ_ㅡ 레포트. ― 지희

아아. ㅡ_ㅡ 애기 낳으셔서 소민오빠에게 이쁨 받고 있는 유수영양이군. ㅡ_ㅡ……

레포트!? ㅇ_ㅇ 우리 숙제 없었는데? 으음……. ㅡ_ㅡ. ― 수영

멀대놈 거야. ㅡ_ㅡ ― 지희

그걸 니가 왜 해!? +ㅁ+; ― 수영

멀대 공부 못하니깐. ㅡ_ㅡ ― 지희

ㅡ_ㅡ……. ― 수영 (인정함 ㅡ_ㅡ;)

레포트를 꿍꿍대며 다 쓰고 ㅡ_ㅡ 땀을 휙~ ㅡ_ㅡ;; 닦아낸 다음 레포트를 가방에 담았다. 그리고 ㅡ_ㅡ 내 옆에 드러누워 자빠져 자고 있는 ㅡ_ㅡ; 유수영을 깨웠다.

뭐!? 소민오빠…… 회사 다녀!? ㅇ_ㅇ;; 대학교 졸업하려면 아직 1년 남았잖아. ― 지희

몰라. ㅡ,ㅡ 지 말론 돈 번대. ― 수영

소민오빠 대단하다. ㅡㅇ―! 너랑 소아 먹여 살릴 준비를 벌써 하고 있는 거잖아! ㅡㅇ―!! ― 지희

그런 건가?ㅡ_ㅡ 난 지가 돈 벌어서 나이트에서 탕진하는 줄 알았는데……. ㅡ_ㅡ ― 수영

－_－……. － 지희

불쌍한 소민오빠……. －_－…….

수영이네 집을 가니 5살배기 소아가 쪼르르르~ 와서 인사를 꾸벅
했다…….

아유~ 귀여워라~. 〉_〈!!

안녕하세요. 소민아빠와 수영엄마, 소아의 집입니다. － 소아

그래그래~ 아유~ 〉_〈* 귀여워~. － 지희

야. －_－ 이게 왜 니 집이냐!? 소민오빠랑 나의 집이란 말야. －０－!

소아 너는 이 집에서 그냥 공짜로 자고 먹고 하고 있는 거지 나부랭
이잖아~. －０－!! － 수영

야! －_－;; 어린애한테……. － 지희

거지나부랭이!? －_－+

흥! 내가 거지 나부랭이면 엄만 떨거지 나부랭이야! －０－! － 소아

뭐!? +ㅁ+!! 떠…… 떨거지!? － 수영

그만해, 유수영. 너 추해! －_－;; 도대체 어린애 가지고 지금 뭐 하
는 거야? －_－+ － 지희

너…… 너 나중에 봐! －_－+ － 수영

아무튼 －_－. 유수영 엽기야. －_－ 어린애를 데리고……. －_－…….

소아가 무거운지 비틀거리며 칼과 사과를 힘겹게 들고 오고 있다.

어억~. +ㅁ+;; 너…… 넘어진다. －_－;;

야아!! 〉ㅁ〈!! － 수영

뭐…… 뭐야? ◉_〈 － 지희

어…… 엄마!! 미…… 미안!! － 소아

유수영. -_-. 니가 쿠션 역할을 해줬구나. -_-……

어쨌든 서투른 솜씨로 수영이가 삐뚤빼뚤 깎은 사과를 한입 베어
물며…….

오랜만에…… 지민이 만나러 갈래? – 지희

그럴까? 셋이 오랜만에 뭉쳐야지…… 그치? – 수영

쓸쓸한 눈빛으로 사과를 깎은 수영이…….

사과를 다 먹은 다음 소아를 데리고 버스를 탔다. 조용한 곳에 자
리잡은 강가에 앉아…… 바람이 스치는 걸 느끼고 있으니…… 울
컥 하고 눈물이 나면서 지민이 생각이 난다…….

울지 마……. 울면 지민이 싫어해……. – 수영

칫……. 지도 울고 있으면서……. 유수영…… 바보같은 놈. 강한
척하긴……. – 지희

엄마. 엄마랑 엄마 친구 왜 울어? 응? ㅇ_ㅇ – 소아

눈에 뭐가 들어가서 그래, 소아야. ^-^ – 수영

소아를 안아들곤 씽긋 웃는 수영이……. 영락없는 다정한 엄마
다…….

1시간 동안 멍하니 강가에만 앉아 있다가 다시 버스를 타고 내려
걸어가고 있는데…….

멀리서 소민오빠의 모습이 보였다……. 정장 차림에…….

회사 갔다 왔나?

아빠!! 〉_〈!! – 소아

쪼르르르~. 소민오빠에게 달려가 폭싹~ 품에 안기는 소아…….

수영이는 씽긋 웃으며 소민오빠를 보고 있다…….

소민오빠 소아를 안고 오면서…….

어디 갔었어? – 소민

응? 아…… 지민이 있는데……. ^-^ – 수영

눈 빨갛네……. 울었지? – 소민

안 울었어. =口= – 수영

다정하게 수영이의 머리를 쓰다듬으며 소아를 한 손에 안고 활짝
웃는 소민오빠…….

부럽다……. 저 셋……. 너무 잘 어울려…….

힐끗 나를 보는 소민오빠…….

야, 권지희. -_- 너 빨리 love 나이트 가봐. – 소민

왜요? O_O – 지희

소민오빠는 잠시 당황하더니 말했다…….

민호녀석 거기 있을 거야……. 빨리 가라. – 소민

네. -_- - 지희

나이트에 가서 춤추고 있나? -_- 근데 왜 빨리 가라는 거지?

love란 나이트를 찾아간 나는 내 정면으로 보이는 상황을 도저히
믿을 수 없어 눈을 크게 뜨고, 눈을 비비고 또 다시 비비며 10번
테이블을 쳐다보았다…….

이민호……. – 지희

미친놈……. 절대…… 용서 안돼…….

어? 민호 여자친군가!? 민호야~ 일어나봐~ 니 여자친…….

어? 왜 그래요? O_O - ??

나가서 얘기 좀 해요. – 지희

마구마구 그 여자를 끌고 가다 파악~ 손을 놔주곤 잔뜩 독기서린 눈으로 쳐다봤다.

하. 정말 무섭네~ -_- 그렇게 쳐다보지 마~. - ??

너 이름이 뭐야. - 지희

그 여잔 핏! 하고 코웃음을 치더니 조용히 말했다…….

황수진이라고…… 알까 모르겠네? -_-- 수진

너 같은 년 몰라. - 지희

너무 화내지 말고. ^-^ 나 황수진……. 옛날에 민호랑 사귀었던 애야~. 〉_〈!! - 수진

그래서……? - 지희

수진이란 여자는 잠시 당황하다가 다시 웃으며 말했다…….

뭐. 민호 말론 니가 민호 많이 힘들게 한다며? -_- 이 남자 저 남자 만나고 다니느라~. -_-- 수진

시끄러! -_-^- 지희

멀대자식.-_-^ 이젠 남자랑 안 다니겠다고 정확히 115일 전에 약속한 거 아직도 지키고 있는데……. -_-^ 근데 그걸 아직도 쫌팽이처럼 마음에 담고 있었단 말야!? -_+

그래서 민호가 나랑 우연히 만난 거지 뭐~. 오랜만에 만나서 술 한잔 걸치는데 민호가 내 어깨에 슬그머니 손을 올리는 게 아니겠어? 까르르르~. 그래서~. - 수진

퍼억!!

아악!! 〉ㅁ〈!! - 수진

닥쳐 이년아.-_-^- 지희

난 신고 있던 하이힐을 그년 코에 정확히 명중시켰다. −_−+

쌍코피 나는 게 볼 만하구나~. −_−+

너…… 너 이게 무슨 짓이야!! +ㅁ+!! − 수진

왜? 머리 쥐어뜯으려고? 한번 덤벼봐! −_−+

나 킥복싱도 배운 적 있어! −O−!! 덤벼보라구~. −O−!! − 지희

키…… 킥복싱.!? −_−+

하! 난 검도 유단자야~. − 수진

덤벼보라니깐!! −O−!! − 지희

…….

치사하게 각목을 집어들다니……. −_−^

그년은 진짜 세게 내 어깨를 내리쳤다…….

젠장……. 아…… 아프잖아……. 쫌. −_−;;; (당황 −_−;)

하지만 이 정도로 쓰러질 내가 아니지. −_−+

어깨가 욱신욱신거렸지만 참고, 주먹을 꽈악!! 쥔 다음 그년 면상
에 날리려는 바로 그 순간…….

그만해…… 권지희. −_−^ − 민호

미…… 민호야~. ㅠOㅠ~ − 수진

−_−^ − 지희

쌍코피 흘리면서 아주 잘한다~ 잘해. −_−

그놈은 코피와 눈물 콧물을 범벅하곤 멀대녀석 옷에다 마구마구
문질렀다.

이런 제…… 제기랄……. −_−^ 저거 내가 멀대녀석한테 사줬던 옷
이구먼. −_−+

권지희……. 너 애를 왜 이렇게 만들어 놨어? - 민호

뭐? 그게 아니라!! - 지희

민호야~ ㅠ_ㅠ 너무 무서웠어~. 패앵~. 〉_〈 - 수진

저 쓰불년이 코까지 풀어!? -_-+

내가 핵~ 수진눈을 째려보자 멀대녀석은 수진눈이 각목으로 내리쳤던 내 어깨를 핵!! 꽈악!! 잡더니 말했다…….

아악…… 진…… 진짜 아파……. ㅠ_ㅠ.

너……. 내가 이런 짓하지 말랬지……. - 민호

놔……. - 지희

너무 아프다……. 완전히 어깨가 바스러지는 거 같아·…·. 혹시 부…… 부러졌나?

내 말 잘 들어……. 다시 또 여자 때리고 다녀봐……. 그땐 정말 나 화낸다……. - 민호

난 고개를 푸욱 숙였다…….

나쁜놈…….

욱신거리는 내 어깨를 핵~ 놓고선 수진눈을 둘러 업고 병원 쪽으로 가는 녀석…….

내…… 내가 더 많이 다쳤는데……. ㅠ_ㅠ…….

그 자리에 털썩 주저앉아서 수영이에게 전화를 걸었다…….

여보세요……. - 소민

그거…… 수영이 휴대폰 아닌가요? - 지희

오빠!! ㅠ0ㅠ!! 안 그럴게! 다신 휴대폰 가지고 소아 쿡쿡 안 찌를게!! 우어엉~. ㅠ0ㅠ!! - 수영

시끄러!! ㅡ_ㅡ+ 소아 눈 찔러서 빨개진 거 안 보이냐!? 너 휴대폰
금지 한번 당해볼래!! ㅡ_ㅡ+ ㅡ.소민

휴대폰 너머로 들려오는 소리들…… ㅡ_ㅡ…….

유수영……. 너 소아 눈깔 찔렀구나. ㅠ_ㅠ.

지금 수영이 못 받는데…… ㅡ_ㅡ ㅡ 소민

저기…… 정말 안 될까요? 소민오빠. 저 지흰데요……. ㅡ 지희

너…… 거기 love 나이트냐? ㅡ 소민

네……. ㅡ 지희

곧이어 들리는 수영이의 울먹거리는 목소리…… ㅡ_ㅡ.

지희야!! ㅠ0ㅠ!! 왜 그래!? 응!? 왜 전화했어!? ㅡ 수영

나…… 여기 love 나이트 앞이거든……. 잠깐 와주라……. 어깨
가…… 빠진 거 같아……. ㅡ 지희

뭐!? 어깨가 빠져!?!!? ㅡ0ㅡ!! ㅡ 수영

뭐야!? 어깨가 빠졌다니 무슨 소리야!? ㅡ_ㅡ 소민

몰라! 조용히 좀 있어! ㅡ0ㅡ! 지희야 금방 갈게. 조금만 기다리고
있어! ㅡ0ㅡ!! ㅡ 수영

뚜욱~. ㅡ_ㅡ……. 끊겨버린 전화…….

아아……정말 아프다…….

길바닥에 주저앉아 있지만 어두운 시각이라 사람들도 별로 없
다……. 일어서려고 하면 어깨가 바스라지게 아프다…….

어디선가 허둥지둥 달려오는 여자의 실루엣이 보였다…….

지희야!! ㅡ 수영

어어……. 나 좀……. ㅡ 지희

수영이가 어깨를 만지자마자…… 나도 모르게…….

아악……. – 지희

너…… 어깨 왜 그래? 응……? – 수영

수영이가 부축해 줘서 수영이네 집에 갔다.

야. –_– 뭐야. 너 어깨 빠졌다며. – 소민

괜찮아요. –_– – 지희

오빠 . –_– 소아 재워놓고 와. –_– – 수영

야! 오늘은 니가 소아 재우기 담당이잖아!! –0–!! – 소민

나 지금 지희랑 할 얘기 있단 말야! – 수영

쳇. –_–^ – 소민

소민오빠는 소아를 데리고 –_– 안방으로 가고, 수영이는 조용히
내 옷깃을 풀어 어깨 쪽을 보더니 탄성을 내뱉었다.–_–

야!! 너 병원 가야겠어!! 장난 아니야!! ㅇㅁㅇ;; – 수영

됐어……–_– – 지희

야! 진짜 어깨 주위가 시~ 뻘게!! +ㅁ+;; – 수영

됐다니깐. –_– 나 오늘 하루 재워 줄 수 있지? –_– – 지희

수영이는 내 손을 꽈악 잡더니 말했다…….

너 민호오빠랑 무슨 일 있었지? 소민오빠가 아까 민호오빠 뒤깡
까던데. –_–. 응? – 수영

수영아……. 우어어억~. ㅠ_ㅠ…… – 지희

그래그래……. –_– – 수영

수영이 품에 안겨서 엉~ 엉~ 울곤 –_– 수영이 품에 안겼다고 날
째려보는 소민오빠의–_–;; 눈빛을 무시한 채 오늘 있었던 일을 하

나하나 말했다.

수영이의 얼굴은 붉으락푸르락해지며 -_- 신호등처럼 변하더니 아침밥을 만들다 말고 도마에 칼을 콰악!! -_-; 찍으며 분통을 터트렸다. -0-;

황수진 그년 도대체 뭐야!! +ㅁ+!! 생각할수록 나까지 괜히 열받네. 아우~. +ㅁ+!! - 수영

황수진!?-_- 민호녀석이랑 사귀었던 애잖아. -_- - 소민

우리도 알아! -_-+ 오빠는 빨리 회사나 가고! 소아 넌 유치원에 빨리 가. - 수영

다녀오겠습니다. >_< - 소아

다녀올게. -_- - 소민

잘가~ 가다가 둘 다 엎어져~. -_- - 수영

-_-;;;; - 지희

수영이가 임시로 어깨 부위 쪽을 붕대로 칭칭 감아줘서 그런지 학교에 갈 동안은 처음보다 조금 낫다…….

어후,-_-=33

어깨 괜찮아? -_- 강의 끝나고 병원 가보자. 응? - 수영

됐다니깐. -_- 금방 나아. - 지희

갑자기 머리에 강한 충격이 와서 머리를 감싸 쥐었다.

확 짜증이 나서 소리를 질렀다. -_-

뭐야!! +ㅁ+;; - 지희

위를 쳐다보니…… 멀대자식이다…….

저기 말야……. - 민호

난 가방을 뒤적거려 멀대녀석 손에 처억~ 12장 분량의 레포트를
올려주었다. -_-

다 했어. 다음부턴 니가 알아서 해. - 지희

야, 지희야……. 야! - 민호

갑자기 내 어깨를 휙~ 돌리는 녀석…….

순간 망치로 강하게 얻어맞은 듯한 어깨의 고통 때문에 어깨를 쥐
어 감고 주저앉아 버렸다…….

지…… 지희야!! +ㅁ+;; - 수영

돼…… 됐어. -O-;; - 지희

민호녀석을 스치고 강의실에 들어갔지만 계속해서 욱신욱신거리
는 -_- 내 어깨…….

수영이는 걱정스런 눈으로 날 쳐다보다 볼펜으로 내 어깨를 쿡쿡
찌르며……. -_-

아프지? 아프지? O_O - 수영

하고 놀리고 있다. -_-+

강의가 끝나고…….

너 진짜 어깨 괜찮아? 응? O_O - 수영

아니…… 안 괜찮아. -_-;;; - 지희

강의실을 나오자마자 갑자기 나를 채어가는 어떤 손…….

떠헉~. +ㅁ+;; 뭐…… 뭐야?

아악!! 이…… 이거 놔!! 〉ㅁ〈!! 당신들 뭐야!! +ㅁ+!! - ㅈ희

지희야~. -_- 병원 잘 갔다 와~. (-_-)/ - 수영

유…… 유수여어엉~! +ㅁ+!!

차에 퍼억~ ㅡㅡ;; 하고 내팽개쳐지면서 아플 줄 알고 눈을 꽈악 감았다. 그런데…… 어깨가 안 아프다? ㅡㅡ……

너…… 어깨가 왜 이래……? ㅡ 민호

뭐…… 뭘……? ㅡ 지희

민호녀석…… 어느새 재킷을 젖혀 내 어깨를 보더니 잔뜩 인상을 찌푸린다…….

쯧쯧쯧. 그럴 줄 알았다. ㅡㅡ 이민호. 내가 언젠가 이렇게 될 줄 알았다고~. ㅡ 소민

빨랑 가기나 해! ㅡㅡ+ ㅡ 민호

운전하는 사람은 소민오빠군……. ㅡㅡ……

가까운 병원에 도착하여…… 엑스레이를 찍어본 의사가 하는 말……. ㅡㅡ

골절상이군요. ㅡㅡ 어쩌다가……. ㅡ 의사

하하하~. ^ㅡ^;; 계단에서 굴렀어요~. ^ㅡ^ ㅡ 지희

야! ㅡㅡ 그 수진인가 뭐신가가 각목으로 니 어깨 내리쳐서 그런 거라며!! 유수영이 말해줬어. ㅡㅡ ㅡ 소민

유수영……. 도움 안되는 논. ㅡㅡ…….

민호자식은 잔뜩 얼굴을 찌푸리는 날 외면한 채 의사에게 말했다.

깁스하면 되는 거예요? ㅇ_ㅇ ㅡ 지희

네. ㅡㅡ 이리 따라오세요. ㅡㅡ ㅡ 의사

30분 가량 깁스를 하고 나니…….

아우. ㅡㅡ. 팔 한쪽만 딥따 무겁다……. =ㅁ=;;

소민오빠의 차를 타고 집에 내리는 길…….

고마워요, 소민오빠. ^-^ - 지희

괜찮아. -_- 빨리 정상으로 돌아와라. - 소민

휘익~. 핸들 꽉 꺾어 -_-;; 가버리는 소민오빠에게 한 손으로 휙 휙 손을 흔들어 주고 -_- 뻘쭘히 서 있는 민호자식을 쳐다보며……

나 이제 집으로 들어갈게. -_- - 지희

수진이가…… 정말 각목으로 니 어깨 때렸어? - 민호

울컥……. -_-^ 믿고 싶지 않은가 보지. -_-^ 난 독하게 생겼고 수진인가 뭐신가는 청순하게 생겼으니까 그런 짓을 할 리 없다는 건가?

아니. 계단에서 굴렀다고 말했잖아. - 지희

괜히 거짓말하는 거 같아 어깨가 더욱더 욱신거린다……

그런데…… 왜 이렇게 눈물이 날까……? 왜 자꾸 눈물이 나려고 하는 걸까?

가……. 나 집에 갈래……. - 지희

그래……. - 민호

멀대자식이 슬슬 가는 걸 보고 집으로 올라가다 계단에 우뚝 멈춰서서 뚝뚝 눈물을 흘렸다.

지지리 눈치도 없는 놈……

난 왜 황수진이란 여자 만나지 말라고 말도 못하는 걸까……?

계속해서 눈물을 흘리고 있을 때 갑자기 누군가 내 손을 잡아당겨 품에 안았다…….

누…… 누구야!! ㅠOㅠ!! 놔! 놔!! - 지희

또 울고 있을 줄 알았다…… 이 바보……. - 민호

ㅠ_ㅠ……. - 지희

녀석에게서 풋풋한 바다 내음이 풍겼다……. 난 계속해서 녀석의
품에 안겨 있었고…….

녀석은 내 머리를 쓰다듬어주며…… 말했다…….

너…… 정말 눈치 없구나……? - 민호

뭐…… 뭘……? - 지희

넌 내가 다른 여자랑 술 마셔도 좋냐? - 민호

뭐……? ㅇㅁㅇ…….

쳇. 됐어. 들어가. - 민호

자…… 잠깐만……. 그…… 그 말 뭐야? - 지희

멀대녀석……. 어두워서 잘 모르겠지만 얼굴이 빨갛다?

난 녀석의 손을 잡았고…… 녀석은 조용히 중얼거렸다…….

넌 투정 같은 것도 안 하냐……? 남들처럼 애교 좀 떨어봐 이 아가
씨야. - 민호

그 말을 남기고 녀석은 후다닥닥~ 가버렸다. -_-;;

난 멍~ 하게 있다가 -_-. 쿠쿡 하고 웃어버렸다…….

흐음……. 내일부터 수영이한테 애교 떠는 법 좀 제대로 배워야겠
네……. ^-^ - 지희

지희→자존심←

#128

다녀왔습니다! 〉ㅁ〈!! – 소아

어~ 왔니? ㅇ_ㅇ…….

니 옆에 남자앤 누구야? ㅇ_ㅇ – 수영

주황 노을이 살짝 비치는 저녁. –_– 소아가 집에 남자친구를 데리
고 왔습니다. =ㅁ=;

응? 아~ 석아! 인사해. 울 엄마야. ^–^ 엄마, 얘는 민석이야! 민석!
〉ㅁ〈! – 소아

안녕하세요. (–_–) – 석

응? 그…… 그래. 안녕~? ^–^;; – 수영

어린것이 벌써 금발을 했구먼. –_–…… 남자애가 이쁘장~ 하게
생겨가지고. –_–…… 쓰읍. –_–.

석아~ 잠깐만 돌려줄게! 〉_〈!! – 소아

소아는 방방 뛰며 지 방으로 들어갔습니다. –_–

전 소파에 앉아 있는 석이에게 콜라를 주며……. –_–

먹어. ^–^ – 수영

저 콜라 싫어하는데요. –_–^ – 석

그…… 그래? –_–;;; 그럼 뭐…… 뭐 줄까? – 수영

생과즙 오렌지주스요. –_ – – 석

어…… 없는데……. -_-;; - 수영

그럼 그냥 물 주세요.-_-^ - 석

그…… 그래. -_-^ - 수영

젠장. -_-^ 절라 까다로운 녀석이구먼. -_-

콜라를 다시 냉장고에 넣고 물을 주는 순간 -_- 소아가 어떤 공책
을 들고 쪼르르르~ -_-. 나왔습니다.

엄마! 물을 주면 어떻게 해! -_-+ 석아. 콜라 마실래? ^-^ - 소아

소아야. ^-^ 석이가 콜라 싫어……. - 수영

그래. ^-^ 나 콜라 좋아해. - 석

뭐…… 뭐야……. -_-^

저…… 저 녀석 소아 좋아하는 건가? -_-^

전 멍하게 있다가 -_- 콜라를 내던지듯이 줬습니다. -_-

다녀왔어……. - 소민

석이는 소아가 푸욱~ -_- 소민녀석에게 안기자 짜증난다는 듯 콜
라를 벌컥벌컥 마셨습니다……. -_-;;

앤 누구야? -_- - 소민

안녕하세요. 민석이라고 합니다. - 석

정중하게 인사하는 석입니다. -_-;;

소민녀석 약간 당황했는지 잠시 움찔거리다가…….

놀러왔니? ^-^ - 소민

네. 유치원에서 만난 소아 남자친구예요. -_- - 석

-_-^ 나…… 남자친구? - 소민

그…… 그러고보니 -_-;; 석이녀석 소민녀석과 성격이 닮은 듯합

니다. =ㅁ=;;

소민녀석 눈썹이 꿈틀했다가 ﹣﹣ 석이를 문밖으로 밀며…….

내일 놀러와라. ﹣_﹣^ ﹣ 소민

하고 강제적으로 내보냈습니다. ﹣﹣;;

소아는 창문으로 잘 가라고 인사하고……. ﹣﹣;;

소민녀석은 황당하단 듯 소아를 쳐다봤습니다. ﹣﹣;;

소아, 너 남자친구 만들었니? ﹣_﹣^ ﹣ 소민

응! 나 석이 너무 좋아~. 〉_〈!! ﹣ 소아

소민녀석 순간 비틀~. ﹣_﹣;;;;;;;;

전 소아를 쳐다보며 말했습니다. ﹣_﹣;

소아야. 엄마가 더 좋아~ 아님 석이가 더 좋아~? ﹣_﹣ ﹣ 수영

석이! 〉ㅁ〈!! ﹣ 소아

그…… 그럼…… 아빠가 더 좋아 석이가 더 좋아? ﹣_﹣^ ﹣ 수영

소아는 잠시 뜸을 들이다가 깜찍한 목소리로 ﹣_﹣^ 소리쳤습니다.

석이~. 〉_〈!! ﹣ 소아

안돼!! 절대 반대!! +ㅁ+!! ﹣ 소민

왜? 아빠도 그랬잖아. 엄마랑 어릴 적에 결혼하기로 약속했다며!!
나도 석이랑 결혼하기로 약속했어. ^﹣^* ﹣ 소아

﹣_﹣;;;; ﹣ 수영

소민녀석은 잔뜩 인상을 구겼습니다. ﹣_﹣;

석인가 돌인가가 ﹣_﹣^ 아빠보다 더 멋있어지면……. ﹣ 소민

내 눈엔 지금도 석이가 더 멋있어. ﹣_﹣^ ﹣ 소아

하긴…… 석이녀석 귀엽게 생겼……. ㅇ_ㅇ…… ﹣ 수영

야! 유수영!! -_-+ - 소민

흠흠. -_-;;; - 수영

소아는 볼을 잔뜩 뿌~ -_-;; 하고 불리더니 소민녀석에게 소리쳤습니다.

아빠 미워! -_-+ 아빠가 아무리 반대해도 나 석이랑 결혼하고 말거야!! - 소아

야!! 안소아!! -_-+ - 소민

소아는 자기 방으로 쪼르르르 -_-;; 들어가버렸습니다. -_-.

소민녀석은 잔뜩 화가 났는지 씻고 와서도 얼굴이 퉁퉁 부어 있습니다. -_-

아, 벌써 딸을 빼앗겼다는 생각 때문인가? -_-

오빠, 그냥 둬요. -_- 어린애들 장난이겠지 뭐. - 수영

-_-^- - 소민

그리고 뭐 어때~. 석이 잘생겼더구먼. -_- - 수영

잘생기긴……. 꼭 기생오라비같이 생겼어. -_-^- - 소민

전 곰곰이 생각하다 말했습니다.

석이녀석 오빠랑 성격 비슷하던데? -_- - 수영

말도 안 되는 소리 하지 마. -_-+ - 소민

전 녀석의 착 가라앉은 목소리에 쫄아서 -_- 그저 사과만 열심히 깎았습니다. -_-

소민녀석은 힐끔-_- 제가 사과 깎는 걸 보더니……. -_-

야. -_- 너 가정 F지? -_- - 소민

아…… 아니야. -_-. - 수영

저 사과 진짜 못 깎습니다. -_-;;

소민녀석은 저한테서 사과를 빼앗아 가더니 익숙하게 칼을 움직여 예쁘게 깎아서 저에게 주었습니다. -_-

사과 좀 잘 깎아봐. -_- - 소민

-_-;;;;; - 수영

전 사과를 베어 먹곤 소민녀석을 쳐다봤습니다. -_-

오빠. -ㅁ- 다음주에 학교 축제 있는데 오빠 뭐해? O_O - 수영

-_-;;;;; 글쎄……. - 소민

소민녀석은 대답을 회피하는 듯했습니다. -_-;;

전 씽긋 웃으며……. -_-

오빠네 학교 축제 끝나고 3일 뒤에 우리 학교에서 나 워딩 모델 하는데……. ^_^* - 수영

니가? 모델?-_-. - 소민

뭐야!? -_-+ 내가 하면 안 된다는 법 있어!? - 수영

흐음……. -_- 물론 안 되는 건 아니지만 -_- 혹시 너를 보는 사람들 눈이 썩지 않을까 그게 걱정이지 뭐. -_- - 소민

울컥울컥 !@ O @ !!

지금 오빠도 나 보고 있는데 눈 안 썩잖아! >ㅁ<! - 수영

아아~ 어떻게 해. -_- 내 눈이 썩고 있다. - 소민

-_-^ - 수영

소민녀석은 사과를 베어 물더니 씨익 웃으며 말했습니다. -_-

축제 때 꼭 보러 와라. ^-^ - 소민

뭐하는데~ 웅? >_<!! - 수영

보면 뿅~ 갈 거다~ 쿠쿡……. ㅡ_ㅡ - 소민

ㅡ_ㅡ;;;;;;;; - 수영

축제 때 녀석이 나오는 코너에서 녀석에게 물풍선을 마구 던지고
싶은 강한 욕망이 솟구쳤습니다. ㅡ_ㅡ;;;;;;;;

#129

소민형!? -_-……으음……. 글쎄……. - 민재

뭐야! 넌 알 거 아냐! -0-!! 민호오빠랑 소민오빠랑 춘제 때 뭐하는 건데!! -0-!! - 지희

안돼. 말할 수 없어. -_- 민재

뭔데 그래~? -0-!! - 수영

쉿! 여긴 도서관이야. 조용히 해 애들아. -_-^ - 민재

…….

…….

녀석의 학교 축제가 하루 남은 날. -_- 전 민재에게 소민녀석과 민호오빠가 준비한다는 코너가 무엇인지 가르쳐달라고 조르는 중입니다. -_-

도서관에서 나온 민재는 저희 둘을 홱~ -_-+ 째려보며……. -_-

아악!! 둘 다 그만! 그만 쫓아다녀!! ㅠ0ㅠ!! 나 이번에 레포트 제대로 안 내면 교수한테 열나게 맞는단 말야!! ㅠ0ㅠ!! - 민재

뭔지 말해주며언~. -0-!! - 수영

그…… 그건 안돼. -_-;; 내…… 내일 형네 학교 축제 가서 보면 되잖아! -0-! 참고로 말해주자면 민호형이랑 소민형 발광에 들어갔다~. 쿠쿡. -_-- 민재

바…… 발광!? −_− 그게 뭔데? ㅇ_ㅇ;; − 지희

내일 보면 알아. −_− − 민재

발광……? −_−;; 소민녀석이 발광한단 말인가!? −_−;; (발광: 경희
대 댄스동아리 이름 −_−;;)

저흰 미스터리한 웃음을 짓는 민재를 흘겨보았습니다. −_−

그건 그렇고…… 민재야. 너 소개팅 관심 없어? − 지희

없어. − 민재

그래도……. −_−……− 지희

지희는 혼자서 계속 쓸쓸하게 지내는 민재가 안타까워 보였나 봅
니다.

에휴……. −_−=33……. 불쌍해라…….

어어어!! 거기!! 비…… 비켜!! 〉ㅁ〈!! − ??

뭐…… 뭐야? +ㅁ+;; − 민재

미…… 민재야!! +ㅁ+;;; − 수영 & 지희

계단을 내려가고 있는 −_−;; 민재를 향해 마구마구 달려오던 자전
거. −_−. 드디어 민재를 깔고 뭉개다……. =ㅁ=;;;;

저와 지희는 허둥지둥 민재에게 다가갔습니다. −_− 민재의 얼굴
엔 타이어 자국이 선명하게 나 있더군요. −_−;;

아씨!! 〉_〈!! 너 뭐야!! 〉_〈!! − 민재

그래서 내가 비키라고 했잖아!! −ㅇ−!! − ??

ㅇㅁㅇ……. − 수영

너…… 이름이 뭐니……? 너 여자애……. − 지희

저와 지희는 놀라서 순간 몸을 흠칫했습니다…….

세상에……. 어떻게 이렇게 닮을 수가 있는 거지……?

어? −_− 내 이름!? −_−? − ??

어떻게…… 지민이와 이렇게 닮을 수가 있는 거야……. 쌍둥이…… 아닌가……? 닮아도 너무 많이 닮았다…….

민재도 벙하니 그 여자애를 보고 있고…….

그 여자앤 지민이와 엄청나게 닮은 얼굴로 씽긋 웃으며…….

내 이름? 한지민. 한지민이야. ^−^ − 지민

뭐……? − 민재

응?? 이름이 이상한가? −_−a 내가 봐도 한지민이란 이름은 꼭 남자 이름 같단 말야~. − 지민

저와 지희는 벙찌게 그 여자애를 보고 있었습니다…….

이름도 같고…… 나이도 같고…… 얼굴도…… 완전 판박이다. 지민이와…….

민재는 고개를 푸욱~ 숙이고…… 있다가 갑자기…….

푸하하하!! − 민재

−_−? − 지민

푸핫!! 야! 야! 수영아~ 쟤 이름이 한지민이래……. 졔길……. 절라 웃기지? 안 그래 지희야? 푸하하핫!! − 민재

민재……. 울면서 웃고 있다…….

민재는 지민이……. 내가 아는 한지민이 아닌 다른 한지민…… 그녀를 쳐다보더니 씨익 웃으며 말했습니다…….

빨리…… 갈 길이나 가라……. − 민재

어? −_−;;; − 지민

민재는 옷을 툭툭 털고 일어나 지민이란 아이를 일으켜주며 말했습니다…….

내가 아는 한지민과 닮긴 했지만…… 아주 다르다고……. 쿠쿡……. - 민재

-_-? - 지민

지민이란 아인 자전거를 타고 사라졌습니다…….

…….

…….

민재는 무뚝뚝하게 앞을 보고 있었고……. 저흰 민재를 안타깝게 쳐다봤습니다…….

민재야……. - 수영

야~ 우리 맛있는 거 먹으러 갈까? 응? ^-^ 오랜만에 떡볶이 먹으러 가자~. 알았지? - 민재

위태위태해 보이는 민재…….

지희는 갑자기 차가운 표정을 짓더니 민재에게 다가가 조용히 말했습니다.

난…… 지금 니가 무슨 생각하는지 알아……. 이민재……. 너 지금……. - 지희

조용히 해……. - 민재

민재는 순식간에 차가운 눈으로 지희를 쳐다봤고, 지희는 그런 민재를 안타깝게 쳐다봤습니다…….

민재는 조용히 저희 둘을 보다가 씨익 웃으며 스물스물 어디론가 걸어가더군요…….

전 안타까운 마음에 민재에게 소리쳤습니다…….

야!! 떡볶이 산다며!! -O-!! - 수영

-_-;;;;;;;;

집에 들어와 보니…… 소아가 석이와…….

저 녀석들이 지금 하고 있는 게 뽀…… 뽀오~!?!?? ㅇㅁㅇ!!

지…… 지금 니네 둘이 뭐하는 거야!! +ㅁ+;; - 수영

보면 몰라? -_- 뽀뽀하는 거잖아. -O- - 소아

석이 얼굴이 빨갛다……. 고로……. -_-…….

소아…… 니가 덮쳤구나……. -_-……왜 그랬니……?

저…… 집에 갈게요……. *-_-* - 석

아구구~ —,.— 귀여버라~.

볼따구는 빨갛게 물들여서 금발인 머리를 잔뜩 내리고……. 아무
리 봐도 소민녀석 닮았네……. —,.—……. ……어린 게 딱 내 타입
이네……. —,.—……. (헉!!-_-;;)

엄마! -_-+ 왜 석이를 그렇게 쳐다보고 있는 거야!? -_-+ - 소아

응? —,.— - 수영

왜 아까부터 석이를 보면서 볼은 빨개지고 콧구멍은 벌름벌름거리
는데!! -_-+ - 소아

내…… 내가 언제……. —,.—;; - 수영

저……. 저 가볼게요……. -_-;; - 석

아…… 아니~ 뭐 좀 먹고 가라~. 호호호~. -_-;; - 수영

전 일부러 석이를 세우곤 -_-. 소파에 앉혔습니다. -_- 그리고 과
자와 석이가 어제 원했던 -_- 생과즙 오렌지주스를 -_-;; 주었습

니다.

고맙습니다……. *-_-* - 석

아니야. 뭘……. —,.—……. 근데 너 정말 잘생겼구나……. - 수영

엄마!! 아빠한테 다 이를 거야!! -_-+ - 소아

흠흠……. -_-;;;

저기 석아. -_- - 수영

네. -_- - 석

너 정말 소아랑 결혼할 거니? O_O - 수영

소아는 반짝반짝거리는 눈으로 석이를 쳐다봤습니다. -_-;;

석이는 검은 눈이 더욱더 검게 물들여지며 저를 진지하게 쳐다보고 말했습니다.

자신 있어요. 저 소아 끝까지 지켜줄 자신 있구요. 소아 정말 정말좋아해요. - 석

응…… 그래? ^-^……. - 수영

전 웃으며 석이를 쳐다봤고…….

석이의 얼굴이 빨개지자 소아가 소리쳤습니다. -_-

엄마 웃지 마!! -O-!! - 소아

왜……? -_-;;;;; - 수영

석이는 정말 귀엽게 웃으며 말했습니다.

레이디……. 아름다우시네요……. -v-* - 석

뭐……? -_-;;; - 수영

민석!! -_-+ - 소아

석이는 소아의 꼬집힘에 -_-;;; 조용히 입을 다물고 있다가 -_-;;

집에 갔습니다…….

전 소아를 붙잡고……. -_-

소아야. 석이 어디에 사니? ㅇ_ㅇ - 수영

왜!-_-+ 석이네 집을 알아선 뭐하려고! - 소아

아니…… 그냥……. ㅡ,.ㅡ……. - 수영

순간…… 소아는 제 머리를 마구 쥐어뜯으며…… 울며불며 말했습
니다…….

으헉~. +ㅁ+;;

아야!! 왜…… 왜 그래에~. ㅠㅇㅠ!! 아프잖아! - 수영

엄마…… 석이 좋아해? ㅠㅇㅠ!! 석이 좋아하지 마……. 나 석이 정
말 좋단 말야. ㅠㅇㅠ!!. -소아

-_-;; 내가 왜 아빠 놔두고 바람을 피우겠냐.!! 그것도 니 남자친구
랑!! 아야야~.-_-;; - 수영

진짜? >_<* 까르르르~. - 소아

영악한 것……. -_-……

전 쥐어뜯긴 머리카락을 한없이 슬프게 바라보다 -_-;; 눈물 속에
서 다 치웠습니다.

소아에게 나중에 듣고 보니 석이네 집은 -_-…… 캐나다에서 살
다가 왔다고 합니다. -_-;; 절라 부자라더군요. -_-;;;

나중에 땀에 흠뻑 젖은 소민녀석이 왔고……. -_-;;

오빠! =ㅁ=;; 뭐…… 뭘 했길래 땀이……. =ㅁ=;; - 수영

운동했어. -_- - 소민

소민녀석 샤워하고 나오면서 저에게 사이다를 주고……. -_-;;

소아 자냐? ‒＿‒ ‒ 소민

응. 오빠 있잖아~ 석이 말야~. 〉_〈 소아 친구 석이~. ‒ 수영

그 자식이 또 우리 집 왔냐? ‒＿‒+ ‒ 소민

오옷! +ㅁ+! 카리스마~. +ㅁ+!!

응! 근데 석이 녀석 너무 귀여워~. 〉_〈!! 볼따구가 아주 빨개지는 것이~. 〉_〈!! ‒ 수영

소민녀석은 ‒＿‒;; 딸내미에 이어 아내까지 그 자식에게 뺏겼구나 하며 ‒＿‒;; 사이다를 벌컥벌컥 마셨습니다. ‒＿‒;;

그거 벌컥벌컥 마시면⋯⋯. ‒＿‒;;;;;;;;

크아!! 목 아파!! +ㅁ+;; ‒ 소민

그럴 줄 알았다. ‒＿‒;;;;;;;;;

오빠. 소아 진짜 석이한테 시집보낼까? 〉_〈 크면 정말 괜찮게 될 거 같아~. 〉_〈 ‒ 수영

절대 반대. ‒＿‒ ‒ 소민

왜? ㅇ_ㅇ ‒ 수영

난 그 자식 맘에 안 들어. ‒＿‒^ ‒ 소민

오빠보다 잘생겨서? ‒＿‒ ‒ 수영

내가 그 꼬맹이의 외모와 비교가 되냐? ‒＿‒+ ‒ 소민

응 ‒＿‒⋯⋯ 이라고 말하고 싶었지만 ‒＿‒;; 전 살기 위해 입을 꾹 다물었습니다. =ㅁ=;;;;;;

당근 아니지요~. 울 소민씨가 짱이랍니다~. 〉_〈!! ‒ 수영

‒v‒*, ‒ 소민

소민녀석은 살짝 웃으며 저에게 이상한 표를 주었습니다. ‒＿‒

이게 뭐야? ㅇ_ㅇ – 수영

축제…… 보러 오라구……. ^-^ 이 표 없으견 축제 와도 못 들어
온다. 잊어먹지 마! -_- – 소민

응~ 갈게! >_<!! – 수영

축제가 기대됩니다……. 두근두근……. +_+!!

#130

오빠. =口= 내일 어디 간다며~? ㅇ_ㅇ - 수영

좋은 곳……. - 소민

비가 주룩주룩 오는 월요일입니다…….

소민녀석……. 내일 어디 가냐고 하는 말에 침울하고 우울하게 대답합니다…….

어제 녀석이 어디론가 간다는 말을 듣곤 오늘 궁금해서 물어봤는데…….

비가 와서 우울한가? -_-;;;;

아빠! 아빠 〉_〈!! 어디 가는 데에~? - 소아

소아야……. ㅠ_ㅠ…… - 소민

소아를 껴안고 눈물을 글썽이는 녀석…….

헉! +口+;; 뭐…… 뭐야? =口=!!

그러곤 저를 휙~ -_- 쳐다보곤 두두두~ 달려와 저를 꼬옥~ 껴안으면서 하는 말…….

나…… 신체검사 받으러 가……. -_-- 소민

신체검사!?ㅇ_ㅇ…… 어디서 받는데? ㅇ_ㅇ - 수영

군대……. - 소민

아~ 요즘은 군대에서도 신체검사를 해주는구나! +口+!! - 수영

어? −_−? 신체검사 같은 건 병원에서 하는 거 아닌가? −_−? 유치
원 선생님이 그랬는데? −_−? − 소아

더욱더 침울한 표정으로 말을 이어가는 녀석…….

나…… 군대 면접 신체검사 간다……. −_−…… − 소민

순간……. −_−……. 저희 집에선 싸아~ 하는 찬바람이 훑고 지나
갔고……. 곧이어…….

아빠!! 구…… 군대 가는 거야!? ㅠ0ㅠ!! − 소아

남자라면 다 가는 곳이 아니겠니……. 크흑~. ㅡ_ㅜ − 소민

소민녀석은 아직 충격 상태에서 못 벗어난 저를 쿡쿡 찌르며 말했
습니다…….

3년 동안 나 없을 때 바람피우면 죽어……. − 소민

아…… 안 가면 안돼? ㅠ_ㅠ − 수영

전 소민녀석의 팔뚝을 꾸욱! 잡고 말했습니다. ㅠ_ㅠ.

아악!! ㅠ0ㅠ!! 빌어먹을!! 우리나라 남자는 왜 3년 동안 군대에 처
박히라고 해놓은 거야~. ㅠ0ㅠ!!

전 심한 딜레마에 빠져 −_− 머리를 쥐어 뜯었습니다. =ㅁ=

소민녀석이 없으면 내가 돈을 벌어서 소아 먹여 살려야 하잖아!!
ㅠ0ㅠ!! (소민녀석이 군대 간다는 슬픔보다 내가 직접 돈을 벌어야
한다는 슬픔이 −_−)

야. 너 솔직히 말해봐.−_− 너 내가 없으면 니가 돈벌어야 하니까
그런 거지? −_− − 소민

뜨끔! −_−;;

오호라~. −_−+ 표정 보니 그건데~? − 소민

아…… 아니야! ㅠ0ㅠ!! 나…… 난 순수한 마음으로 −_−;; 오빠가
군대 가는 게 슬플 뿐이야~. ㅠ0ㅠ!! − 수영

그날 밤……. −_−…… 전 오랜만에 소아랑 같이 자기로 했습니다.

엄마. ㅇ_ㅇ 아빠 군대가면 언제 와~? ㅇ_ㅇ − 소아

3년이니까…… 1년은 365일 365에다 3을 곱해봐. −_− − 수영

엄마가 해봐. −_− − 소아

음…….

음……. −_−……

음……. −_−;;;;;;;;; − 수영

내 서랍에 계산기 있어 엄마. −_−. − 소아

전 소아 책상서랍을 뒤적여 −_−;; 계산기를 꺼낸 다음 톡톡 계산을
해보았습니다. =ㅁ=

1095밤이나 자야 돼……. ㅠ_ㅠ……. − 수영

엄마. −_− 아빠 생명보험 얼마 들었어? ㅇ_ㅇ − 소아

너 아빠 생명보험 들은 거 어떻게 알았니? −_−…… − 수영

엄마가 몰래 들었잖아. −_−…… − 소아

아니야! −_−+ 아빠랑 엄마랑 같이 든 거야!! −_−+ − 수영

그래. −_− 아무튼……아빠 군대에서 죽으면 어떻게 되는 거야? 얼
마나 받는데?ㅇ_ㅇ − 소아

무…… 무서운 것. −_−;; 아직 군대 가지도 않았는데 벌써 아빠의
죽음을 예고하고 싶었더냐!? −_−;;

으음……. 보험료 기본요금이랑……. 군대에서 죽으면.−_− − 수
영 (그런걸 또 계산해 보는 수영 −_−)

떠헉!! +ㅁ+!! 야야! 소아야…… 5억은 된다~. +ㅁ+!! – 수영

5억!? –_– 그게 500원보다 비싼 거야!? –_– 소아 (아직은 어린 소아 –_–;)

천배…… 아니 억배는 될걸……. –_–. – 수영

와아~. 나 그걸로 원피스 사줘!! +_+! 그리고 석이랑 반지 같이 맞추는 거 있잖아~. 〉_〈 그것도 해줘~. – 소아

그 돈으로 물방울 다이아몬드나……. +_+…… – 수영

그렇게 상상할 동안……. 뒷머리를 스치며 듣는 이로 하여금 시베리아에서 민소매 티 입고 –_–; 펭귄과 썰매 타는 –_–;; 것 같은 기분이 들게 하는 목소리……. –_–;;

그런 거까지 계산하셨다아~? –_–^ – 소민

쿠웅!! ⊙ 0 ⊙!!

쿠…… 쿠울~. –_–;;;;;;; – 소아

–_–;;;;;;;;; – 수영

–_–^ – 소민

소…… 소아 이 앙큼한 계집애. –_–;;; 자는 척하는구나……. –_–^ 전 식은땀을 삐질삐질 흘리며 –_–; 녀석을 쳐다봤습니다. =ㅁ=; 녀석은 삐졌는지 획~ –_– 나가버리더군요. =ㅁ=!!

오…… 오빠!! 자…… 장난친 거라니깐~. 하하하~. ^O^;; – 수영 저의 방에서 이불을 덮은 채 획~ 얼굴을 돌리고 있는 소민녀석을 달래느라 전 지금 죽을상입니다. –_–;;

소민녀석……. –_–;; 삐질삐질 진땀 빼고 있는 저를 향해…… 고개를 획 돌렸습니다. –_–

이번 달 내 보험료가 얼마냐? -_-^ - 소민

으음……. 한 30만원……. 아악!! +ㅁ+;; - 수영

-_-^ - 소민

소민녀석은 더욱더 화가 났는지 이불을 팍팍~ -_-;; 먼지를 날리
며 덮더군요. -_-.

전 당황해서 녀석의 뒷등을 껴안았습니다. -_-.

녀석은 움찔했습니다. -_- 제가 해주면 녀석이 가장 좋아하는 행
동, 뒤에서 살짝 껴안아주기……. -_-;;;;

자…… 잘못했어……. -_-; 정말 장난이었다니깐~. -_-; - 수영
(장난이었단 사람이 계산기 들고 계산하나? -_-;;)

그래~ 너. 내가 죽으면 돈 많다 이거지? 좋다 이거야……. -_-^
그냥 콰악!! 죽어버릴까 부다. - 소민

아악!! 〉_〈!! 그런 끔찍한 소리 하지 마~ 오빠!! 너무 끔찍한 소리
아니야!? 〉_〈!! 난 오빠 없으면 못살아~. 〉_〈 - 수영

소민녀석은 힐끔 저를 보더니 제 가슴에 비수를 파파파박~ -_-
꽂는 소리를 했습니다. -_-

너…… 가슴팍 다 보여……. - 소민

*@ 0 @ *!! - 수영

그때 전 꼭 조이는 반팔티를 입고 있었는데 -_-. 소민녀석…… 그
런 소리를 아주 덤덤하게 말하는구나. -_-.

전 이불을 홱~ 뒤집곤……. -_-.

변태……. -_-…… - 수영

결혼했는데 뭐 어때. -_- 난 고등학생 때 벌써 니 맨몸을 다 본 사

람이야. -∨-* - 소민

-_-;;;;;;;;; - 수영

전 당황했고……. -_-;; 계속해서 녀석의 등을 껴안아주며 말했습니다…….

오빠…… 군대 가면…… 머리 깎아야 돼? - 수영

그렇지……. - 소민

우윽~. ㅠ_ㅠ.

머리라도 안 깎았음 좋겠다~. 오빠 머리 깎으면 칠득이 되잖아. ㅠ_ㅠ. - 수영

-_-^ - 소민

제 딴엔 진지하게 말했는데…… -_-;; 소민녀석은 인상을 파악~ 찌푸리며 -_- 제 머릴 콰악~ 쥐어박았습니다. -_-;;;;

그리고 운명의…… 그날, 녀석의 군대 신체검사날……. -_-…….

오빠 ㅠ_ㅠ 가다가 교통사고라도 나라. ㅠ_ㅠ. 그럼 1년은 버틸 수 있잖아. ㅠ_ㅠ. - 수영

시끄러! -_-^ - 소민

콰앙~ 하고 문을 닫고 가는 녀석의 모습을 보는 순간 저는 콰앙~ 소리가 마치 녀석이 군대 갈때 닫히는 철창문의 소리를 예감하는 거 같아 마음이 싸~ 했습니다. -_-;;

소아를 유치원에 보내고 -_- 저희 집에 놀러온 민재와 지희의 귤 까먹기 대회가 열렸습니다. -_-

누가 먼저 귤 10개를 먹느냐야!! +ㅁ+!! - 지희

먼저 먹는 사람이 원하는 거 사주기!! +ㅁ+!! - 민재

난 우리 동네에 하나 남은 샤넬 진통 가방!! +ㅁ+!! – 지희

난 유명한 힙합보이가 사인되어 있는 힙합모자!! +ㅁ+!! – 민재

지훤 –_– 민호오빠도 소민녀석과 같이 군대 신체검사 갔다는데 맘 편한가 봅니다. –_–

지희야…… 너 민호오빠 군대 가게 될지도 모르는데 하나도 걱정 안 되니……? ㅠ_ㅠ – 수영

괜찮아. –_– 그 자식 신체에 결함이 있는데, 그것 때문에 군대 안 가. –_– – 지희

그…… 그래? –_–;; – 수영

그런데 넌 그걸 어떻게 아는 거니……? –_–;; 설마…… 니네 둘……. 쿨럭~. –_–;;;; (잠시 18세 금지 –_–;; 였음)

전 민재와 지희의 귤 까먹기 대회의 심판을 맡기로 하고……. –_–. 준비~ –_– 땅!! – 수영

우걱우걱우걱!! +ㅁ+!! – 지희

우가가가가각!! +ㅁ+!! – 민재

지희는 쑤셔넣고 있고 –_–;; 민재는 갈고 있습니다. =ㅁ=;;;; 장판은 온통 귤 액즙 –_–;; 으로 가득 찼고……. 지희가 7개째 –_– 민재가 9개째에 접어들고 있을 때였습니다. –_–;;

지희선수~ 네 스퍼트를 올리는군요!! 아아~ –_–;; 민재선수!! 먹고 있던 귤 불순물이 튀어나왔어요~. 이런~. –_–;;.

지희선수!! 9개째!! 동점입니다! =ㅁ=;; 자, 이제 하나가 남았는데요!! =ㅁ=!!

다녀왔다!! ^-^ – 소민

으윽~ 목말라……. ㅡㅡ. - 민호

귤을 미친 듯이 처먹던 지희 ./.그리고 민재는……. ㅡㅡ;; 놀란 눈을 하고 있는 ㅡㅡ 소민녀석과 민호오빠와 눈이 마주쳤습니다.

이어어아……. ㅇㅁㅇ……. - 지희 (해석: 민호오빠…… ㅡㅡ.)

어어엉으아……. ㅇㅁㅇ……. 쿨럭~ 쿨럭~. ㅡㅡ;; (해석: 혀엉들아 ㅡㅡ;)

아악 !! 이런 민재! 빌어먹을~!! ㅠㅇㅠ!!

민재는 입에 있는 귤 건더기들을 견디지 못하고 ㅡㅡ;; 기침을 해 가까이 있는 모든 사람에게 엄청난 피해를 주었습니다.

더티한 것……. ㅠ_ㅠ……

나중에 ㅡㅡ 사건의 범인인 지희와 민재가 꺼끗이 치우는 걸로 사건은 마무리됐습니다. ㅡㅡ;;;

권지희. ㅡㅡ 그렇게 놀면 재미있나!? 어!? ㅡㅡ^ - 민호

ㅡㅡ…… (쪽팔림 ㅡㅡ;;) - 지희

지희는 애꿎은 창문을 하염없이 바라봤습니다. ㅡㅡ;;;

전 두근두근거리는 맘으로 녀석을 쳐다봤습니다.

오빠…… 뭐래? 구…… 군대 가야 돼? ㅇ_ㅇ…… - 수영

지희도 휙~ 돌아 민호오빠를 쳐다보며……. ㅡㅡ

너 면제지? ㅡㅡ 그렇지? ㅡㅡ - 지희

어? ㅡㅡ 면제는 아니고…… 방위야. ㅡㅡ;;; - 민호

아 띠파!! 너 나 아는 척하지 마. ㅡㅡ^ 면제도 아니고 방위가 뭐냐!

ㅡㅇㅡ!! 너 공부 못해서 졸업도 못했잖아! ㅡㅇㅡ!! - 지희

참 나. ㅡㅡ^ 사돈 남 말하네. 너 아까 귤 처먹는 거 보면 한 대 때

려주고 싶었어. 그리고 그런 게 내 여자친구라는 거 쪽팔렸어~.
알아!? -_-+ - 민호

-_-…….(또다시 외면 -_-;;) - 지희

이제 저 둘은 무시하고…… -_-;; 전 소민녀석을 쳐다봤습니다.

오빠……. 오빤……? 응……? ㅠ_ㅠ. - 수영

방위라도 좋으니까…… ㅠ_ㅠ…… 동사무소에 매일 출근해도 좋
으니까…… ㅠ_ㅠ……(헉! -_-;;) 제발 3년은 아니라고 말해줘어어
어~. ㅠ0ㅠ!!

소민녀석…….

나……. - 소민

꾸울꺽~. +ㅁ+. (초긴장 -_-;)

나…… 공군이야……. - 소민

ㅇㅁㅇ……. - 수영

고…… 공군……!? ㅇㅁㅇ……

빨간 마후라 싸나이 공군……!? 비행기 타고 쓩쓩 날아다니는 공
군……! ㅇㅁㅇ……

아…… 안돼에. ㅠ_ㅠ…… 공군이라니……. ㅠ0ㅠ…… - 수영

전 소민녀석을 붙잡고 통곡했습니다. ㅠ_ㅠ.

도대체 육군도 아니고 해군도 아닌 공군은 또 뭐야~. ㅠ0ㅠ!!

그리고 곧이어 들려오는 소리…….

야! 안소민!! 니가 무슨 공군이야!! 푸하하하핫!! >ㅁ<!! 너 공근이
잖아!! 공익근무요원!! 푸하하하하~. 수영이 표정 와따야!! 푸하하
하하~. >ㅁ<!! - 민호

쳇. 뭐야. -_- 재미있었는데……. -_-a - 소민

공익근무요원!?-_-? 아~ 아침 9시에 출근허서 저녁 6시에 퇴근

하는 거!? ㅇ_ㅇ? - 지희

아아아……. ㅠ_ㅠ. 난 또 녀석에게 속았단 달인가? 오늘 하루 새

까맣게 타버린 가슴때기는 어떻게 하라고. ㅠ_ㅠ……

하지만 저렇게 활짝 웃는 녀석의 면상때기가 더 밉다. -_-+

야야~ 째려보지 마~. 너 귀여워서 한번 놀려보려는 거였어~. 쿠

쿡. - 소민

어디서 구해왔는지 모자를 푸욱~ 눌러쓰고 있는 녀석…….

머…… 머리카락 잘랐나!? ㅇ_ㅇ!! 치…… 칠득이 됐겠군!! +ㅁ+!!

전 모자를 홱~ 벗어젖혔습니다.

까하하~ 지희야~. 〉ㅁ〈!! 소민오빠 머리카락 자르고 왔나봐~. 소

민오빠 머리카락 자르면 칠득이 된~. 〉_〈!! - 수영

와~ 소민오빠. 머리카락 자르니까 오히려 더 젊고 쌈박해 보이네

요. ㅇ_ㅇ. - 지희

칠득이 된……? 〉_〈…….ㅇ_ㅇ? - 수영

허억!! +ㅁ+!!

녀석…… 눈앞까지 내려왔던 머리를 어떻게 했는지 모르겠지만.

어쨌든…… 예전보다 훨씬 젊어 보이고 훨씬 더 멋있다…….

소민녀석……. 짧아진 머리를 손으로 쓰윽 쓰윽 만지며…….

이상하냐? 니가 이상하다고 할까봐 머리만은 사수하려고 했는

데……. 조금만 자르라고 발광을 했는데 말아……. -_-. - 소민

ㅇ_ㅇ - 수영

소민녀석……. 넌 늙지도 않는 거니? ㅠ_ㅠ……

주륵~. -_-.; 요즘 난 저녁마다 팩을 한단다. ㅠ_ㅠ.

소민녀석은 계속해서 머리가 맘에 안 든다는 듯 만지며 저에게 물어봤습니다.

야? 진짜 이상해? 왜 자꾸 쳐다보기만 해? -_-;; - 소민

아니…… 안 이상해…….ㅇ_ㅇ……. - 수영

녀석이 씽긋 웃었는데…….

아아. -_-. 머리카락이 짧아지니까 녀석의 웃는 모습이 더욱더 빛나는구나……. ㅇㅁㅇ…….

전 그날…… 잠자는 녀석의 모습을 뚫어져라 쳐다봤습니다. -_-

앞으로 아침 9시부터 저녁 6시까진 -_- 녀석이 동사무소에서 열나게 일할 것을 생각해 얼굴을 기억해 놓으려고……. -_-;;;;;;;;;;;;;;

그리고…… 언제나 녀석이 자는 모습을 보면 저도 모르게 웃게 되는 것이 정말 습관처럼 되어버렸습니다…….

……. ^-^ ……

#131

여보세요……－－－ 수영

나야. －－－ 소민

어? 오~ 빠~>_<! 어디야 ?! 지금 동사무소어서 열심히 일하고 있
는 거지? >_<!! － 수영

－_^…….

우리 학교로 와라. 이쁘게 하고 와. － 소민

레이스 달린 거 입고 갈까? O_O － 수영

한강에 빠지고 싶니? －_^ － 소민

아…… 아니야~ 쿨럭~. －_–;; － 수영

오늘은 녀석 학교의 축제날. －_–

우선 녀석이 26살인데 학교에 계속 다니느냐……. －_–.

저 녀석 놀다가 먹다가 하다가 2년 동안 졸업 못하고 찔찔 대학교
에 살고 있습니다. －_–

학교에서 2년이나 후배들이랑 같이 공부하니까 얼마나 평판이 안
좋을까? 쯧……. －_–……

곧이어 갑자기 저희 집으로 들이닥친 지희. －_–.

야야! 축제 갈 옷 입자~. >_<!! － 지희

－_–…… － 수영

지희는 자기 집엔 화장품이 별로 없다며 -_- 제 걸 덕지덕지 바르고 있습니다. -_-

가스나. 그렇다고 니 본판이 가려지겠냐~? 쿠쿠쿡. -_-.

아…… 나도 심각하구나. -_-;;;;;;;

축제니까 발랄하게~ 발랄하게~. 〉_〈!! - 지희

지희가 점점 민재를 닮아가는 듯합니다. -_-;;

전 그런 지희를 어벙하게 쳐다보다가 -_- 축제에 맞춰 발랄한 옷차림으로 입었습니다. -_-

짧은 교복 같은 푸른 주름치마에 위에 하얀 레귤러를 입고 회색 후드를 걸쳤습니다.

흠흠…… 이…… 이쁘구나……. -v-*.

야.-_- 유수영. 너 지금 거울 보면서 뭐하고 있냐!? 너 또 자아도취에 빠졌냐? - 지희

아…… 아니야. -_-;; - 수영

지희는 두건으로 머리를 감쌌습니다……. -_-. 솔직히…… 여자가 보니…… 이쁘다곤 못하겠고. -_- 그저 그러네. -_-;;

전 양쪽으로 머릴 땋고 하늘색 벙거지 모자를 썼습니다. -_-

분 찍고 처바르고 구두 신으니…… 우헬헬. 우리도 대학 4학년처럼 느껴지는구나. -v-*

경희대 앞으로 가니……. 허메~ 뭔 놈의 여자 무리들이 저리 많냐……. -_-;;;;;;;

표를 주세요!! 표를!! -O-;; 표 없으신 분은 못 들어갑니다!! - 직원1

어떤 여자는 학교 철창을 넘어서가고 −_−;; 직원 한 명을 꼬집은 다음 눈치를 못 채게 후다다닥~ −_−;; 들어가는 여자도 있고……. 도대체 뭐땀시 −_− 목숨 걸고 이 학교에 들어가려는겨. −0−;; (흥분하면 사투리 −_−;)

저…… 여기 표요. −_−;;; 근데 여자들이 왜 이렇게 억지로라도 들어가려는 거죠? ○_○;; − 지희

아…… 그거요? −_−; 발광 덕분이죠 뭐. −_−; 자~ 빨리 들어가세요~. − 직원

발광? −_−;; 민재가 말했던 발광……? ○_○; 저흰 발광에 대해 생각하는 걸 잠시 잊어버렸었습니다…….

와아~ 별천지다…… 별천지. +ㅁ+;;

빨리 먹기 대회도 있고 떡볶이 무료시식회도 있네. +_+. (먹는 것만 눈에 들어온다 −_−;)

지희야~ >_<! 우리 빨리 먹기 대회 나가자!! − 수영

아니야!! 꽃미남 선발대회 앞자리 잡아놔야 돼!! +ㅁ+!! − 지희

꼬…… 꽃미남~?! +ㅁ+!!

저와 지희는 후다닥~ −_− 어느새 객석이 반쯤 찬 듯 보이는 −_−; 무대로 갔습니다.

아악!! 벌써 이렇게 차버리다니!! ㅠ0ㅠ!! − 지희

야? 정말 꽃미남 대회야!? 어!? ○_○!! − 수영

그렇다니깐!! −0−!! 여기 근처에 있는 대학교 킹카들 다 온다고 그로더라구. −0−!! − 지희

흐음……. −_−. − 수영

전 무대로 들어올 때 준 안내판을 쳐다보았습니다.

꽃미남 선발대회…….

1번…… 김아무개. -_- 오오…… 꽤 귀엽게 생겼군. -_-

2번 ……. 헉!! -_-;; 니가 꽃미남이라고 나온 거니? -_-……

3번…… 이민호……. 민호!? ㅇ_ㅇ!

야야!! 지희야!! 민호오빠 여기 나왔나봐!! +ㅁ+!! - 수영

지희는 어느새 얼굴을 잔뜩 찌푸리고 있습니다. -_-;;

꽃미남 사진이 이름 옆에 걸려 있는데…… 민호오빠 숟가락 들고

김치~ -_-;; 하며 찍은 사진이었습니다……. 쿨럭~. -_-;;

귀…… 귀엽다. *-_-*……

그건 그렇고……. 11번 안소민……? 그럼 소민오빠도 이 대회 나

가나 본데? -_- - 지희

뭐!? ㅇㅁㅇ!! - 수영

전 서둘러 안내판을 쳐다보았습니다…….

제기랄……. 어떤 새끼가 이 사진 찍은겨……. -_-^

까악! 11번 사진 봤냐!? 죽여 죽여~. 〉ㅁ〈!! 농구하다가 물 먹는 모

습인데……. 야…… 입술 죽여. ㅠ_ㅠ. - 여자1

나 11번에 투표했잖아~. 〉_〈!! - 여자2

내 귀에 들리는 퍽퍽퍽…… 내 뇌 속의 뇌파를 자극시키는 소리.

이…… 이런 사진…… 어…… 어떻게 찍은 거야? -_-^

이 학교 사진부 있잖아……. -_-^ 걔네들이 돈 받고 올린 거 아니

야!? -_-+ - 지희

지희의 예상에 맞게…… -_-. 곳곳의 여자들이…… 민호오빠……

소민녀석 그리고 다른 잘생긴 남자들 사진을 꺼내며 까악~ 까악~ 거리고 있습니다. -_-^

저와 지희가 지나가며 힐끔 쳐다보니…….

야……. 사진부 박살내자……. -_-^ - 지희

소민녀석이 강의시간에 꾸벅꾸벅 조는 모습…….

소민녀석이 농구하는 모습……. 소민녀석이 환하게 웃는 모습……. -_-(이 사진에선 수영이 뒤통수 찍힘 -_-;;)

소민녀석 안경 쓰고 도서관에서 공부하는 모습…….

민호오빠와 웃으며 밥을 먹는 모습…….

제기랄. -_-^ 완전 스토커네 스토커야. -_-^

야~ 이 여자 뭐냐!? -_-^ 소민오빠 환하게 웃는 사진 뒤에 뒤통수 찍힌 여자 말야. -_-^ - 여자후배1

소문으론 동생이래. 근데 아내가 있다고 하잖아~.

오히려 그게 더 좋지 않냐!? 소민오빠라면 그럴 가치가 있어~. >_< -여자후배2

으읍!! 아압!! +ㅁ+!! - 수영

수영아…… 참아 참아. 제발. -_-;; - 지희

마구마구 소리치려던 제 입을 손으로 막고 조용히 꽃미남 선발대회 좌석에 앉히는 지희. -_-;;;

씨익 씨익……. 동생~? -_-^ 그리고 뭐!? 아내가 있는데도 좋다구~? 뭐 저런 게 다 있어!! +ㅁ+!!

제발 진정해……. 나도 열받는 거 알지? -_-^ - 지희

+ ,. + !! - 수영

정확히 20분이 지나자…… 객석은 꽈악~ 찼고 저흰 일찍 온 덕분에 꽤 가까운 곳에 앉았습니다.

곧이어 −_−. 사회자가 나왔고…… 20번까지 있는 꽃미남들이 술술 나오기 시작했습니다. −_−

민호오빠……. 잔뜩 인상을 구기고 있습니다. −_−;; 다들 웃으며 멋진 워킹을 하고 있는데 민호오빠는 슬금슬금 걸으며 −_−^ 무대에 건들건들하게 섰습니다……. −_−;;

곧이어…… 녀석…… −_−. 소민녀석이 나왔습니다. −_−;;

억지로 떠밀려 나온 듯 −_−;; 무대에서 잠깐 뒤를 째려보다…… 11번 자리에 그래도 녀석답지 않게 얌전히 앉아 있습니다. −_−;;

자~ 꽃미남들이 다 나왔는데요!! ^−^* 자~ 다들 아실 거라 생각하고……. 지금 이 20명의 꽃미남들이 객석에서 여자들을 한 명씩 데리고 올 건데요……. ^−^ 자~ 출발해 주세요!! >ㅁ<!! − 사회자

갑자기…… 8번 남자…… 지희한테 오더니…….

잠깐 나갈래? ^−^ − 8번놈−_−.

아…… 아니…… 난……. −_−;; 저 3번 내 남자친구……. − 지희

8번 남자애는 지희가 거절하자 −_− 아무 말도 못하고 쓸쓸하게 뒤돌아 갔습니다. −_−;

아아. −_−. 불쌍하구나……. −_−

전 지희와 팝콘을 우그작우그작 씹어먹었습니다. −_−……

소민녀석…… 나 안 보이나……? −_−=33……(은근히 뽑아주길 바람 −_−;)

헉!! +ㅁ+!! 무대를 바라보니……. −_−…….

경희대 학생회장이다……. -_-……소민녀석 옆에 경희대 학생회
장……. -_-……. 아까 녀석을 밀치던 여자가 학생회장이었구
나……. -_-;;;;;;;

소민녀석……. 얼굴이 빨개진 학생회장을 보며 -_-;; 고소하단 듯
웃고 있습니다. -_-;;;

민호오빠는 무대를 설치하던 여학생 중 한 명을 데리고 왔습니다.
둘이 친한 듯 장난을 치며-_-;; 놀고 있습니다…….

쳇. 잘해봐~ 잘해봐~. -_-^ 손잡고~ 얼씨구? - 지희

지희는 잔뜩 삐졌는지 팝콘을 우걱우걱 먹었습니다. -_-;;

자~ ^_^! 다들 파트너를 데리고 오셨죠? ^_^!!

자~ 빼빼로 먹기 대회~ 다들 아시져? 파트너끼리 모서리를 먹으
며 가장 짧게 남기는 사람이 승리하는 겁니다!! +口+!! - 사회자

나…… 나 안 볼래……. -_-;;;;;; - 수영

뭐 어때. -_- 설마 입이 부닥치지는……. - 지희

아아!! 3번 선수!! 죽입니다!! 네!! +口+!! - 사회자

3번……? -_-……. 민호오빠……? -_-…….

민호오빠는 그 여자의 입술을 잡아먹을 듯이 -_-;; 빼빼로를 먹었
습니다. 여자는 놀랐는지 멍~ 하니 보고만 있고.

와아!! 5cm!! 강력한 우승후보군요~. ^-^!! - 사회자

소민녀석…… 눈썹이 꿈틀거렸다……. -_-;;

지기 싫어하는 녀석인데……. -_-…….

전 11번 차례가 오기 전에 지희에게 말했습니다.

나…… 나 콜라 사올게. ^-^;; - 수영

야! 유수영!! 난 사이다!! +ㅁ+!! – 지희

–_–;;;; – 수영

그 많은 인파 속을 헤치고 나오니……

…….

하아……. 솔직히 말하면…… 녀석이랑 그 학생회장 빼빼로 먹는 거……. 보기 싫습니다……. –_–=33.

질투심이 많아서인지…… 무대에 당장 올라가 녀석을 끌고 내려오고 싶었지만……. ㅠ_ㅠ…….

815콜라랑…… 사이다……. –_–. – 수영

짤그랑 하며 자판기로 500원 동전이 넘어가는 걸 느끼며 시원한 콜라랑 사이다를 뽑아 들고 걸어가고 있는데…….

누나!! ^–^*!! – 현호

휙~. 혀…… 현호……. =ㅁ=;; – 수영

제 손을 마구마구 흔들면서 –_–;; 악수하는 현호……. =ㅁ=;; 덕분에 콜라와 사이다가 떨어졌습니다.

와와~ 보고 싶었어요……. 너무……. ^–^. – 현호

그…… 그래. =ㅁ=;; – 수영

현호는 사이다와 콜라를 주며 –_–

누나…… 한국대예요? ^–^ – 현호

응. 그렇지……. 넌? – 수영

경한대요. ^–^. – 현호

응……. – 수영

전 콜라를 따 마셨습니다. 현호는 제 손을 잡았습니다…….

따뜻하네요……. 누나한테 아직도 아카시아향 나요. ^-^ – 현호

그…… 그래? -_-;; – 수영

누나. 아까 보니까 저기서 꽃미남 선발대회 ㅎ던데……. 우리도 나
가요!! ^-^ – 현호

어? -_-;; 넌 안내판에 없던데? – 수영

현호는 씽긋 웃었습니다. 부쩍 키가 자라고……. 살짝 웃는 모습이
매력적입니다.

쓰읍~. 아…… 안되지. -_-;; 유수영 자제! =口=;;

현호는 제 손을 잡고 무작정 꽃미남 선발대회 -_-;; 장으로 마구마
구 뛰어갔습니다.

까아!! 뭐…… 뭐야!! +口+;; – 여자1

죄송합니다!! ^-^* – 현호

현호는 꽃미소를 뿌리며 -_-;; 무대 위로 성큼성큼 올라갔습니다.
전 어벙하게 현호에게 손이 잡힌 채로 사이다는 어디론가 떨어졌
고 콜라만 들고 놀란 눈으로 현호를 처다봤습니다.

저……. -_-;; 누구신지……. – 사회자

소민녀석……. 학생회장이랑 장난치고 있습니다.

빼빼로 먹기대회 1등을 했는지 녀석 어깨에 1등이란 -_-;; 배지가
달려 있었습니다. =口=!!

저…… 여기 왜 올라오셨냐니까요? -_- – 사회자

사회자가 마이크에 대고 말하자…… 소민녀석도 휙~ -_-;; 이쪽
을 처다봤습니다. =口=;

전 녀석과 눈이 마주쳤고…… 소민녀석…… 저에게 왜 올라온 거

냐? 라는 듯이 쳐다봤습니다. -_-;;;;;;;

현호는 무대 아래에 있던 사람들까지 다 들을 정도로…….

저도…… 이 대회 나가면 안 될까요……? 21번. ……파트너는 한
국대 유수영 선배로 할게요. ^-^ - 현호

#132

네……? ㅇ_ㅇ…… - 사회자

-_-;;;;;;; - 수영

나도 참가해도 되냐구요. ^-^ 이래봬도 우리 경한대에선 잘 먹혀요. - 현호

전 당황했고…… -_-;; 식은땀을 삐질삐질 흘렸습니다. =ㅁ=!!

제 모습은 아랑곳하지 않고 현호는 더욱더 꼐 손을 꽈악 잡았습니다. 손바닥에 땀이 났고……. -_-;

소민녀석은 다행히 학생회장이 무대 망치지 말라고 해서 -_-; 가만히 무서운 눈으로 절 쳐다보고 있습니다. -_-;; 학생회장의 능력이 대단한가 봅니다. -_-;;

사회자는 잠시 다른 사람들과 상의하더니 씽긋 웃으며 -_-; 빼빼로를 주고 말했습니다.

좋아요. ^-^ 자~ 이현호군! 한국대 유수영양과 빼빼로 먹기 대휩니다. 지금까지 최고 기록은 안소민군과 학생회장 정다슬양의 3cm예요~. ^-^ - 사회자

3…… 3cm. ㅇㅁㅇ……

오노~. +ㅁ+;; 현호는 씽긋 웃으며 빼빼로를 제 입에 물려주고 말했습니다.

나 어떻게든 소민선배 이길 거예요. ^-^ 누나. - 현호

ㅇㅁㅇ…… - 수영

빼빼로를 빼려고 손을 대자 현호가 제 두 손을 자신의 손으로 압박하더니…… 마구마구 빼빼로를 집어 삼키기 시작했습니다. ㅇ_ㅇ;; 전 당황해서 몸을 움직이려고 했지만 순간적으로 얼어버렸는지 눈만 땡그랗게 뜨고 어느새 제 얼굴 가까이 바싹 다가온 현호를 쳐다봤습니다.

전 눈을 질끈 감았고……. 나긋나긋한 현호의 목소리가 귓가에 스쳤습니다…….

누나…… 이대로 키스해 버릴까요……? - 현호

전 놀라서 입을 떼었고…… 사회자는 현호의 입에 살짝 걸쳐 있는 빼빼로의 길이를 재며 말했습니다…….

와아!! 2cm!! 입술이 닿을 뻔했군요!! +ㅁ+;; 전 둘이 뽀뽀하는 줄 알았습니다. ㅇㅁㅇ!! - 사회자

전 얼굴이 빨개져 고개를 푸욱 숙였고…… -_-;; 현호는 21번이란 배지를 달고 저를 웃으며 쳐다보고 있습니다. -_-

누나 대단하던데요? ^-^ 나 하마터면 덮칠 뻔했어요. - 현호

시…… 시끄러. -_-;; - 수영

현호는 빨개진 제 볼을 쭈욱~ 쭈욱 늘리며…….

아으~ 귀여워~. 〉_〈!! 누나 볼때기 빨개졌어요~. 〉_〈!! - 현호

놔아~. -ㅇ-;;;; - 수영

현호의 손을 타악 !! 제 볼에서 쳐내더니 절 품안에 가두는…….

누구 여자…… 맘대로 볼따구 만지래……. - 소민

누구 마음이긴요. ^-^ 제 마음이죠. - 현호

웅성웅성대는 무대……. -_-;;

전 당황해서 녀석의 품에서 빠져나와 녀석에게 소리쳤습니다.

오빠 그만해! =口=; 지금 사회자 당황해 하잖아. 그러다 축제 망치면 어떻게 해~. - 수영

망치면 망치는 거고……. - 소민

소민녀석은 학생회장에게 다가가더니 말했습니다. -_-.

나 이 대회에서 나눠준다는 그깟 상품 필요없으니까 저 이현호 자식이랑 둘이 잘해봐. -_-^ 나 너 때문에 지금 절라 엿된 거 알지……? - 소민

소민녀석은 마구마구 저를 잡고 내려갔습니다.

현호는…… 마지막에 소민녀석의 귓가에 뭐라고 소리쳤습니다.

선배……. 수영 누나…… 입술 되게 부드럽던데요? 쿠쿡. - 현호

야야!! +口+;; 넌 나랑 입술도 안 닿았잖아!! +口+;;

제가 이렇게 -_-; 말하려고 하기 전에 소민녀석은 이미 현호녀석에게 주먹을 날리려고 했습니다. -_-;;

전 녀석의 팔뚝을 잡곤 마구마구 흔들며 소리쳤습니다.

때리지 마!! >口<!! 팔뚝에 힘 빼!! 힘 빼라고!! >口<!! - 수영

너…… 저리 안 비키냐? -_-^ - 소민

안 닿았다니깐!! 입술에 안 닿았어!! >口<!! 내가 아무리 둔탱이라도 안 닿았다니깐!! >口<!! - 수영

소민녀석은 팔뚝의 힘을 퓨수수수 -_-;; 풀던서 저를 데리고 마구마구 인파를 뚫고 나갔습니다. -_-;; 결국 녀석과 도착한 곳은……

어느 한적한 벤치…….

무대 도중에 나오면 어떻게 해!! =ㅁ=;; – 수영

됐어. –_–^ 그 학생회장 한번 호되게 당해봐야 돼. 첫. 내 밥줄 쥐고 있다고 날 얼마나 위협했는데. –_–^ – 소민

바…… 밥줄? –_–;;;;;;;

어…… 어쨌든…… –_–;; 우리 때문에 학교 축제 엉망진창 됐을 거 아냐. =ㅁ=;; – 수영

됐어. 니 손에 있는 콜라나 줘……. –_–^ – 소민

응? 으응! =ㅁ=; – 수영

전 녀석에게 콜라를 내밀었고 –_– 녀석은 콜라를 마시다가 저를 쳐다보며 말했습니다.

이현호랑 니 빼빼로 먹기 대회할 때…… 진짜 뽀뽀하는 줄 알았다……. –_–^ – 소민

나는 뽀뽀 당하는 줄 알았어. –_–;; – 수영

그때 왜 반항 안 했어!! –O–!! 내가 하려고 하면 마구마구 뿌리치고 그러더니!! –O–!! 어린애가 해주려고 하니까 좋다꾸나~ 하고 받아들이려고 했냐!? –O–!! – 소민

미쳤어!? –_–^ 나 대인공포증 있는 거 알잖아!! 무대 위로 올라오면 온몸이 굳는 거! –O–! 잘 알면서 왜 그래!! –O–!! 그리고 입술만 안 닿았으면 됐지!! –O–!! – 수영

–_–^ – 소민

–_–+ – 수영

찌리리리릿~. –_–;; 녀석과 나의 전류가 통했다…… 가 아니라.

사실은 −_−;; 녀석의 째림과 저의 째림이 맞붙었달까……. −_−;;
이번엔 진짜 안 질 거야……. +ㅁ+.
녀석과의 눈싸움이 얼마 지나지 않아 −_− 허둥지둥 달려오는 민
호오빠와 지희가 보였습니다. −_−
야! 안소민!! 조금 있으면 우리 차례가 돌아와. 준비해야지. +ㅁ+!
안 가!? +ㅁ+! − 민호
야야! 유수영!! 너 빨리 먹기 대회 나간다며!! +ㅁ+! 지금 패자부활
전 한다는데 안 가!? ㅇ_ㅇ − 지희
안 가!! −_−^ − 수영
안 가. −_−^ − 소민
민호오빠와 지희는 저희 둘을 허무하게 바라보더니 어쩔 수 없다
는 듯……. −_− 민호오빤 소민녀석을 질질 끌고 −_− 사라졌습니
다. =ㅁ=;;
전 제 옆에 앉은 지희가 하는 말을 들었습니다.
너…… 아까 얼마나 웃겼는지 아냐? −_− − 지희
뭐…… 뭘! −0−;; − 수영
콜라 사온다고 하고선 갑자기 현호자식을 끌고……. 니네 앞에서
봐서 그렇지 뒤에서 봤으면 완전히 뽀뽀하는 줄 알겠더라. −_− 소
민오빠 표정 못 봤어!? −_− 학생회장이 소민오빠 안 잡고 있었으
면 큰일났을걸? −_− 아까 소민오빠 표정 진짜 절라 살벌했어…….
으으으. −_−;; − 지희
됐어! −0− 뽀뽀도 안 했는데 뭘 그거 가지고. −_−^ − 수영
−_− 어린 것아…….

그건 그렇고…… 내가 계속해서 사람들이 발광발광 하기에 알아보니까…… 발광이 경희대 댄스그룹이더라. -_- - 지희

소민녀석이 그럼…… 발광 들었다는 건…… -_-;; 대…… 댄스그룹에 들었다고~? 그 나이에!? =口=;; 푸푸풋. -_-;;;

하긴……. -_- 얼굴은 20대 초반이지만. -_-;;

소민오빠 춤 잘 춰서 발광에서 붙잡고 있는 거야. -_- 멀대도 그렇고……. -_-. - 지희

소민녀석…… 나한테 몸치라고 언젠가 그랬는데……. -_-.

지희는 저를 질질 끌고…… 사람들을 밀치며 -_-; 무대 앞에 자리를 잡았습니다.

이 학교 학생회장이 저에게 오더니 손을 마구마구 잡으며 -_-; 까아~ 니가 수영이니!? >口<!! 와와~ 나하고 동갑이겠구나~. >口<! 반가워~ 정다슬이야~. >口<!! 이번에 안소민 보러 왔지!? 아유~. 아까 니네 진짜 멋졌어~. 하지만 무대를 엉망진창으로 만들어 놨으니까 안소민 레포트 숙제 내줘도 괜찮겠니? ^-^ - 다슬

네네. -_-;; - 수영

나랑 동갑이라면…… 소민녀석이 2살이나 많은데 =口=;; 그저 안소민이라 부르네……. -_-;;;

갑자기…… 무대의 불빛이 차악 하고 꺼졌습니다. -_- 저희들은 갑자기 어두워져서 순간 당황했지만…… 5초도 안돼 빨간색 불빛이 차락 하고 비쳐졌습니다…….

마이크를 잡고 분위기를 잡고 있는 두 남자……. 민호오빠와 소민녀석이었습니다……. 말끔한 정장을 입고 -_-;; 까악까악거리

는…… −_−;; 꼭 고등학교시절을 보는 듯한 여자들의 소리와 함
께…….

An empty street, an empty house,
a hole inside my heart
I'm all alone
The rooms are getting smaller
I wonder how, I wonder why,
I wonder where they are
the days we had,
the songs we sang together oh yeah‥ ….
−Westlife의 〈My Love〉 중에서−

부드럽게 녹아내리는 소민녀석과 민호오빠의 화음이 너무나 잘 어
울려서 소름이 돋을 정도였습니다…….
음치인줄 알았는데……. ㅠ_ㅠ (녀석의 약점이라 생각했다 −_−;)
두 사람의 노래가 끝나고 −_− 발광이란 두 글자가 무대 위로 환히
레이저로 나타났습니다.
쓰읍……. 저거 하려면 돈 많이 들었겠구나. 도대체 얼마 들었을
까?ㅇ_ㅇ (아줌마 근성 −_−;)
뭐 볼 거 없었으니 넘어가고……. −_−;;
옆을 한번 쳐다보니…… 헉. −_−; 웬 고등학생들이……. =ㅁ=;;
야. −_−; 왜 이렇게 고등학생이 많아?−_−; − 수영

아마도…… 발광 보러 온 거겠지? -_- - 지희

지희는 곧이어 안내판을 보곤 웃으며 말했습니다.

야야. -_-. 소민오빠랑 멀대 춤추는 거 잘렸나봐. -_-;; - 지희

뭐!? -_-;;? - 수영

봐봐. -_-;; 멀대랑 소민오빠 춤추는 부분 잘렸어. -_-;; - 지희

헉. -_-; 진짜다. 녀석과 민호오빠가 춤추는 코너가 다음 코너로 넘어갔습니다. -_-;

지희와 전 허둥지둥 나와서 무대 뒤로 가니……. -_-;;

소민녀석 편한 옷으로 갈아 입고 지친 얼굴로 슬금슬금 무대 뒤로 나오고 있습니다. -_-

오빠. O_O 왜 춤 안 췄어? -_- - 수영

어……. -_- 소아 때문에. 지금 장난 아니게 늦었잖아. 집에 가고 싶어. -_- - 소민

전 약간 우울해 하며……. -_-

나 오빠 춤추는 거 보고 싶었는데……. -_-. - 수영

야. -_- 나도 늦었어. -_-. - 소민

아직 팔팔한 자슥이……. -_-^ (괜히 울컥 -_-;)

민호오빠는 어디서 났는지 지희에게 초코파르페를 주며 억지로 먹이고 있습니다. -_-;;;

아…… 안 먹어!! >ㅁ<!! 나 살찐단 말야!! - 지희

야. 너 초코파르페 좋아하잖아. -0- 먹어~ 먹어~. - 민호

전 울면서 초코파르페를 먹고 있는 지희에게 -_- 바이바이 인사를 하고 집으로 왔습니다. -_-…….

....

....

야!! 너 꼬맹이!! 집에 안 가고 뭐하고 있는 거야!! - 소민

어머~ 〉_〈!! 석이 왔구나. ^_^ - 수영

안녕하세요. -v-* 오늘도 아름다우시네요. - 석

석이는 제 손에 살짝 입을 맞추곤 씨익 웃었습니다.

오메. 귀여운 거······. +_+.

소민녀석은 잔뜩 저를 째려보았지만 전 석이한테 씽긋 웃어주고······.

석아. ^-^ 내가 생과즙 오렌지주스 사났는데 먹을래? ^-^ - 수영

엄마! 나두 나두~. 〉_〈!! - 소아

도와드릴까요? ^-^ - 석

소민녀석은 계속해서 툴툴대며 -_- 석이를 못마땅하게 쳐다봤습니다. -_-

귀엽기만 하구먼······. ㅡ,.ㅡ······

석이는 오렌지주스를 마시며 저에게 말을 걸었습니다.

죄송해요. ^-^ 소아가 밤에 너무 무섭다고 해서····· 이렇게 밤늦게까지 있게 되었네요. - 석

아니야~ 아니야~. ^-^ 오히려 내가 고맙다. - 수영

고맙습니다, 레이디. -v-* - 석

레이디는 무슨 얼어죽을 놈의 레이디. -_-ˆ 너 이렇게 늦었는데 집에 안 가냐!? -_-+ - 소민

왜 자꾸 그래!! 아빠!! -_-+ - 소아

오빠. 석이 오늘 우리 집에서 자고 가면 안 될까? -_-? 석아 오늘
우리 집에서 자고 갈래? ^-^ - 수영

저야…… 그렇게 하고 싶지만……. - 석

와아~ 잘됐다!! 석아. 오늘 우리 집에서 자고 가! ^0^! - 소아

꾸욱 참았던 녀석의 한 맺힌 목소리……. -_-

너 석인가 뭔가 당장 니네 집에 가!! - 소민

자~ 석아. ^-^ 소아 침대에서 잘래? ^-^ - 수영

와~ 와~ >_<!! 석이랑 나랑 같이 잔다~. >_<!! - 소아 (순진한 의
미임 -_-;)

소아와 저는 오랜만에 마음이 맞아 부르짖는 소민녀석을 외면했습
니다. -_-…….

#133

완결

향긋한 모닝커피와 내 아침을 깨워주는 상큼한 입맞춤……
아직 달콤한 꿈에 흠뻑 취해서 "조금만 더……" 그러겠지……
하얀 앞치마 입고 내 아침을 준비하는 너의 모습……
나의 삐뚤어진 넥타이까지도 모두 다 너의 몫일거야……
-젝스키스의 〈예감〉 중에서-

까하하하~. 〉ㅁ〈!! 그게 진짜야? - 수영
네~ 그래서 아빠 엄청 열받으셨죠~. ^-^ - 석
석이는 유머도 잘해~. 〉_〈!! - 소아
-_-^ - 소민
늦은 밤. -_- 석이가 들려주는 재미있는 얘기에 저와 소아는 석이 주위에 앉아 까~ 까~ 거리고 있습니다. -_- 그리고…… 순식간에 왕따가 되어버린 -_-;; 소민녀석은 쳇쳇 릐모컨을 꾸욱꾸욱 누르며 티꺼운 표정을 짓고 있습니다. -_-
저 이제 잘게요. ^-^ - 석
그래그래~. 〉_〈!! 잘 자라~. - 수영

석이와 소아는 사이좋게 −_− 방에 들어갔습니다.

전 그 둘을 보고 씽긋 웃으며 녀석의 옆에 앉았습니다.

왜 그러냐? −_−^ 저 방까지 가서 석이자식이랑 히히덕덕거리지 그랬어? −_−^ − 소민

오빠……. 소아랑 석이……. 꼭 오빠랑 나 옛날 모습 보는 것 같지 않아? ^−^ − 수영

소민녀석은 −_− 제가 말을 씹는 게 못마땅했는지 한마디 하려다가 −_− 순간 입을 꾸욱 다물었습니다. −_−

그치? 응? ^−^ − 수영

소민녀석은 저를 빤히 쳐다보더니 말했습니다…….

시간 참 빨리 가긴 가나 보다……. − 소민

그렇지? 어릴 적에 오빠 만난 거……. 어느새 벌써 10년이 훨씬 넘었네. − 수영

전 소민녀석을 보고 씽긋 웃었습니다…….

소민녀석은 제 손을 꽈악 잡아주곤…… 나긋나긋한 음성으로 말했습니다…….

고맙다……. − 소민

뭐가……? − 수영

그냥…… 지금 내 옆에 있어준 게 고마워……. − 소민

소민녀석의 오랜만에 보는 진지한 모습이었습니다. −_−; 잠시 적응이 안되었지만……. −_−;;

살짝 웃어주며 녀석이 말하길…….

다음 생애에도……

그 다음 생애에도……

우리…… 죽더라도……

다음 생애가 있다면……

그 다음 생애에 또다시 만나자……. 알았지? - 소민

에이~ 나 싫은데……. -_- - 수영

소민녀석…… 눈썹을 꿈틀거리며……. -_-.

뭐야!? -_-^ - 소민

내가 다음에 태어나서 오빠 기억 못하면 어떻게 해? -_- - 수영

기억 못할 리가 없어……. - 소민

그래도……. -_-. - 수영

너 나 기억한다니깐!! -0-!! 진짜 말 많네!! 분위기 좀 잡으려니까
깨는 거 봐!! -0-!! - 소민

왜 그런 거 가지고 화를 내고 그래!! ㅠ0ㅠ!! - 수영

참 나. 나 기억 못하면 어쩔 건데!! 어쩔 건데!! -_-^

기억 못해봐라~. 아주 니 등짝에다가 매직으로 안소민 이름 이따
시 크게 써놓을 거다. -_-^ 죽어서도 매직 들고 니 등짝에다 내 이
름 써놓을 거니까 걱정마! -0-!! - 소민

전 -_-. 오빠가 지옥 가고 난 천국 갈 텐데 -_-;; 그럼 어떻게 만
나? 하고 말하려다 맞을거 같아서 -_-;; 그저 열심히 TV만을 쳐다
봤습니다. -_-;;

야! 왜 눈빛을 피해! -0-!! - 소민

내…… 내가 언제……. -_-;; - 수영

야! -0-! 너 죽어서 다음 생애에 다른 사람 만나봐!! -0-!! 아주

죽음이야!! 알아!? – 소민

아…… 알았다 뭐. –0–;; – 수영

소민녀석은 갑자기 큰 종이를 찌익~ 찢더니–_– 뭐라고 끄적끄적 쓰곤…….

사인해. –_– – 소민

뭐…… 뭘? =ㅁ=;; – 수영

전 그 종이를 쳐다봤습니다……. –_–.

“안소민과 유수영은 다음 생애에도 애새끼 졸라 많이 낳고 –_– 행복하게 살 것을 약속합니다” –_–;; 라고 써 있는 종이……. –_–;;

전 떨떠름하게 녀석을 쳐다봤습니다. –_–;

오빠. –_–. 꼭 이렇게까지 해야 할까?O_O. – 수영

당근빠라루지~. (–_–)b – 소민

전 제 이름을 휘갈겨 썼습니다. –_– 소민녀석은 그 종이를 반으로 쭈욱~ 찢더니 –_–. 자기 사인이 있는 곳은 저를 –_–. 제 사인이 있는 곳을 지가 가지며……. –_–

죽어도 가지고 있어. –_–^ – 소민

–_–;;;;;;;;; – 수영

전 잘 접어서 바지 주머니에 집어넣었습니다. –_–;

얼굴 표정은 떨떠름한 표정을 지었지만 마음만은 무척이나 행복했다고 할까……. *–_–*

야!! –_–+ 그 소중한 것을 바지 주머니에 넣으면 어떻게 해!!–_–+ 세탁기에다 빨아버리면 어떡하려고!! –_–+ – 소민

잘 때 빼놓으면 되잖아. –0– – 수영

넌 어리버리해서 세탁기에 옷과 함께 빨 것 같아. ﹣_﹣^ 잘 좀 해
봐.=ㅁ=! – 소민

이씨……. ﹣_﹣^ – 수영

나 오늘도……
행복한 너와 나의 그 모습을 상상하며 하루를 시작해
(너와의 미래를 그려봐)
언젠가 그렇게 될 거라는 내 단하나의 소망으로
사랑해…… 지금 너의 모습을…… 세월에 변해갈 니 모습도……
그보다 더욱 사랑하는 건…… 영원히 날 지켜줄 너의 믿음……
사랑해…… 널 알게 한 인연과……
두려움 없이 너를 선택하게 한……운명까지도……
내 마지막 바램은 다음 세상까지 함께라는 것……
－젝스키스의 〈예감〉 중에서－

키스중독증 · 번외

소아의 사랑 · 민재의 사랑 · 수민의 사랑

cherished dream. 소중한 꿈

#1

으아아아아~!! 휴……. 선생님!! 3초 먼저 왔어요!! +ㅁ+!! – 소아

그래. –_–^ 앉아라 안소아. – 선생

휴……. –_–=33 – 소아

삘레레레~ –_– 뻬렐렐레~. –_– (전화벨 소리 –_–;;)

–_–+ – 선생님

하하하. 잠…… 잠깐만요. –_–;; – 소아

전 딸칵 폰을 열고 전화를 받았습니다. –_–

여보세요? –_–^ – 소아

엄마야~. ^_^*! – 수영

뭐야! –0–!! 지금 나 수업시간이란 말야!! – 소아

저기…… 너 도시락 놓고 갔기에……. –_–;; – 수영 (딸에게 쪼는 수영
이 –_–;)

뭐!? ㅇ_ㅇ;;; 아씨!! 매점에서 사먹을게!! 끊어! – 소아

소…… 소아야!! 소아!! +ㅁ+;; – 수영

딸칵……. –_–…….

엄마의 당황한 목소리를 뒤로 한 채 –_– 폰을 닫았습니다.

어젯밤에 아빠 주머니에서 몰래 5,000원 쌤쳤지~. ㅋㅋㅋ ㅡ_ㅡ (나쁜 딸 ㅡ_ㅡ;)

야야! 안소아!! 〉ㅁ〈! 옥상 가자~ 옥상~. 〉_〈!! ㅡ 지

어~ 잠깐만!! ㅡ 소아

민지……. ㅡ_ㅡ…… 성이 민씨고 지가 이름이다. ㅡ_ㅡ

와아!! 여기 시원하다!! ㅡ 지

그렇네……. ㅡ_ㅡ…… ㅡ 소아

민지는 제 첫사랑 석이와 1~2초 사이에 태어난 이란성 쌍둥이입니다. ㅡ_ㅡ 일란성 쌍둥이였다면 ㅡ_ㅡ. 둘이 얼굴이 똑같았을……. ㅡ_ㅡ;;

석이…… 아직 아무런 연락 없어? ㅡ 소아

그렇지 뭐……. ^_^

쳇. 민석녀석 아마도 쭉빵인 여자랑 신나게~ 놀고 있겠지. ㅡ_ㅡ^ ㅡ 지

욱신욱신……. ㅡ_ㅡ;;;

지이는 ㅡ_ㅡ 저와 석이녀석이 결혼까지 약속했던 ㅡ_ㅡ;; 그런 사이인 줄 모릅니다. ㅡ_ㅡ……

지금 전…… 고등학교 1학년……. 그 자식도 고1이지……. ㅡ_ㅡ……

휴……. ㅡ_ㅡ=33

석이는 12살 때 −_− 캐나다로 바이바이 −_− 하고 가버렸습니다. =ㅁ=
지이는 어쩌다가 이곳에 남고…….

5년이나 흘렀네……. 나도 얼굴 잊어버렸는터 니가 알 수가 있냐?
후……. −_− 연락도 안 하고 살아. −_− − 지

지이가 먼저 옥상에서 내려가고…… 저는 조용히 핑크색 지갑을 꺼냈
습니다……. 12살 때 나와 함께 손을 잡고 씽긋 웃고 있는 녀석위 사
진…….

쳇……. 재수없게…… 웃고 있긴……. 누군…… 이렇게 속이 타는
데……. − 소아

전 슬금슬금 −_− 교실로 내려갔고…….

야야!! 안소아!! +ㅁ+!! 그 남자애 누구야!! 엉!? ㅇ_ㅇ!! − 여자아이1

까아!! 정말 괜찮았었는데!! ㅠ0ㅠ!! 니 도시락 책상 위에 올려놓고 그
냥 갔다니깐!! ㅠ0ㅠ!! − 여자아이2

뭐? −_−…… − 소아

허둥지둥 밖으로 뛰쳐나가자…… −_−……. 여자애들에게 둘러싸여 이
러지도 저러지도 못하고 있는…… 아부지……. −_−…….

지금 뭐하시나요? − 소아

어어~ ? 소아 왔구나~. -_- 제발 부탁인데 얘네들 좀 떼어내줄 수 없을까? - 소민

전 그 여자애들 속에서 제 아부지를 -_-. 마구마구 끌어내어 학교 공원으로 데리고 갔습니다. -_-

아부지!! -O-!! 제가 학교 오지 말라고 했죠!! -O-!! - 소아

어떡하냐? -_-^ 내 마누라가 울며 짜며 딸내미 굶고 있을 거라고, 빵쪼가리나 집어 먹을 거라며 갖다 주라는데 어느 간 큰 남편이 뿌리칠 수 있으리……. -_-. - 소민

아부지는 담배를 꼬나물고……. -_- 자기도 이런 자신의 모습이 꼴받는지…… -_-;; 담배연기를 푸욱~ 내뱉었습니다. -_-.

제 아부지 30살 넘었어도 -_- 얼굴은 완전 20대랄까……. -_-.

공부 열심히 하고 -_-^ 니네 엄마 걱정 끼치지 마라. -_-^ 나 회사에서 일하다 말고 뛰쳐나온 거 알지? -_- - 소민

네. -_-…… 엄마 잘 보살필게요. -_- - 소아

그래. -_- 니네 엄마 철없는 거 잘 알잖니. -_-. - 소민

전 마음속으로 생각했습니다. -_-

"그럼 아부지는 철없는 엄마의 말을 듣는 할 짓 없는 사람이군요" -_-.

라구요…… . −_−;;;

아부지는 순간 휙~ 돌아보며…… . −_−

아아. −_−^ 그 석인가 뭐신가 아직도 안 왔지? 거봐! 거봐! −0−!! 내가
개 처음 볼 때부터……!! −0−!! − 소민

아빠. −_− 사장님께 혼나겠어요. −_− − 소아

아부지는 눈썹을 꿈틀거리며 −_− 시계를 보더니 휘잉~ −_− 하고 사
라지더이다…… . −_−;;;;;;;;;;;;;

저래봬도 울 아부지 회사 마케팅 이사입니다. −∨−*, (아빠 자랑 −_−;)

제가 교실로 가자…… . −_−

야. −_−. 니네 아빠 또 왔지? −_− − 지

그렇지 뭐. −_− − 소아

아무리 봐도 −_− 니네 아빠는 안 늙는 것 같아. −0−. − 지

내가 봐도 그래. −_−…… − 소아

수업시간에 뺑글뺑글 샤프를 굴리다가 −_− 점심시간이 되자…… . −_−
…… .

소아야!! 밥 묵자~. 밥 묵어~. >_<!! − 지

전 아무런 거리낌 없이 −_− 도시락 뚜껑을 열자마자…… . −_−…… .

어? ㅡ_ㅡ 왜? 밥 안 먹어?! ㅡ_ㅡ ㅡ 지

아…… 아니야……. 아니. ㅡ_ㅡ;;;;;; ㅡ 소아

으아아악!! ㅠㅇㅠ!! 도대체 엄만 무슨 짓을 한 거야!! ㅠㅇㅠ!! 왜 볶음밥
에 케첩으로 하트를 그려 넣은 거야!! ㅠㅇㅠ!!

야 ㅇ_ㅇ 진짜 안 먹어!? ㅡ 지

너나 많이 먹어라. ㅡ_ㅡ;; 나…… 학교 공원에 가 있을게. ㅡㅇㅡ;; ㅡ 소아

야!! +ㅁ+;; ㅡ 지

미안!! 〉ㅁ〈!! ㅡ 소아

곧이어 지이의 한 맺힌 목소리……. ㅡ_ㅡ

나 혼자 밥을 먹어야 한단 말야!! ㅠㅇㅠ!! ㅡ 지

미안하다. 친구……. ㅡ_ㅡ…….

여보세요~ ? ㅇ_ㅇ ㅡ 수영

엄마!! ㅡ_ㅡ+ 도대체 도시락이 이게 뭐야!? ㅡ 소아

봤구나~? 〉_〈!! 이 엄마가 장장 1시간 동안 공들여서 만든 거야!! 맛있
게 먹어!! 〉_〈!! ㅡ 수영

뚜욱~. ㅡ_ㅡ……

제기랄……. ㅡ_ㅡ……

전 심각한 혼란 상태에 빠졌습니다. −_− 도시락을 안 먹고 순진한 우리 엄마의 마음에 상처를 줄 것인가…… −_−. 아니면……. −_−……

에잇!! 그냥 먹자! 1시간 동안이나 만들었다는데……. −_−^ − 소아

전 도시락 뚜껑을 열었습니다. −_−……

아아…… 휘황찬란하구나. ㅠ_ㅠ……

케첩으로 그린 하트……. −_−…….

전 결국 젓가락을 들어 입에 집어넣었습니다. −_−.

우물우물……. ㅡ,.ㅡ……. 으음……. 머…… 먹을 만하네. −_−. − 소아

도시락 가방 옆에 어떤 쪽지가……. −ㅁ−……

전 쪽지를 펴보았습니다. −_−

딸. ^−^ 엄마가 열심히 만든 거야. 맛있게 먹어! −_−v

p.s: 참고로 하트는 니 아부지가 만드신 거란다~. 〉_〈

−이쁘고 귀여운 니 엄마 −_−v−*…….

……. −_−……

아부지……. −_−……왜 그러셨나요……. −0−…….

흐음…… 꽤 맛있어 보이는데……? 나 좀 줄 수 없냐? − 선진

박선진. −_− …… 너 왜 침을 질질 흘리며 안타깝게 니 도시락을 쳐다

보는 거니? –_–

먹어라. –_– – 소아

고맙다. +_+. – 선진

이…… 구리구리한 놈……. –_–.

정확히 2분 만에 다 먹었구나……. –0–…….

와우~. –_–…… 정말 깨끗하군. –_–;;;;;

쓰읍……. 잘 먹었다. –_– 끄억~. – 선진

입냄새 나 짜샤. –_– – 소아

선진이 자식은 제 어깨에 손을 올리며 씨익 웃고 있습니다. –_–

박선진. –_– 친하지도 않으면서 친한 척하는 녀석……. –_–.

전 그래도 이 자식이 왕따라고 생각해 잘 놀아주고 있습니다. –_–.

그 도시락 속의 하트는 누가 만든 거냐? 혹시 니 남자친구가 만든 거냐? –_– – 선진

아니. –_– 우리 아빠가. – 소아

아~ –_– 그 안소민이란……. – 선진

어떻게 우리 아빠 이름 아니? O_O – 소아

유명하잖아. –0– 언제나 딸의 도시락을 들고 나타나는 멋지구리한 아

저씨. _ 선진

_:;;;;;;;; 소아

선진 자식은 씨익 웃으며……. _

오늘 시간 있으면…… 점심 먹은 보답으로 내가 영화 쏜다. 5시에 나와

라. _ 선진

싱거운 놈. _……

#2

여. -_- 나왔냐?! -_- - 선진

어. -_- 빨리 영화나 보여줘. -_- - 소아

근데 넌 명색이 그래도 남자랑 데이트하는데 그렇게 꼭 교복 입고 나와
야 되냐? -_- - 선진

나 옷 없고 돈 없고…… 우리 집 가난한 거 알지? -_- - 소아

나 니네 집 부자 동네에 사는 거 알아. -_- - 선진

-_-……. - 소아

얍삽한 놈. -_-.

선진이 자식은 절 옷가게로 데리고 가더니 대충 옷을 입히곤……. -_-

야 -_- 안소아. 이제 좀 봐줄 만하다. -_- - 선진

나 치마 싫어. -_-^ - 소아

선진자식은 절 마구마구 끌고 가더니 -_- 〈집으로〉라는 영화를 보여
주더군요. -_- 쿠쿡. -_- 그 할매, 연기 죽이데. -0-…….

선진이 자식은 찔찔 짜더군요. -_-;;

야 -_- 왜 우냐? -_-;; - 소아

말 시키지 마……. 우흑~. ㅜ_ㅜ - 선진

－_－;;;;;;;; － 소아

전 당황해서 선진자슥에게 손수건을 던져주었습니다. ＝口＝;;

선진이 자슥은 눈물을 꾸욱꾸욱 누르며 －_－;; 나중에는 퉁퉁 부은 눈으로 영화관을 나왔습니다. －_－;

롯데리아에 가서 햄버거를 사주며…… . －_－

야 －_－ 그렇게 슬펐냐? ㅇ_ㅇ; － 소아

할머니가 그 아이 떠나보낼 때…… 크윽…… . ㅜ_ㅜ. － 선진

－_－;;;; 빨리 먹어. － 소아

맛있다. ㅠ_ㅠ. 이거 불고기버거지? － 선진

아니. －_－ 새우버거야. －_－. － 소아

－_－…… 불고기버거야…… . － 선진

－_－^ 아 글쎄 새우버거라니깐. 겉표지를 봐봐! 새우가 날뛰고 있잖아! －ㅇ－! － 소아

선진자슥은 옆에 놓여진 겉표지를 보고는 －_－ 묵묵히 저에게 새우버거를 주더니 －_－

바꿔와. －_－ － 선진

내가 왜! －ㅇ－! － 소아

나 새우버거 싫어해. -_- 불고기버거로 바꿔와. - 선진

니가 해! -_-+ - 소아

너 죽을래? -_-^ - 선진

-0-……. - 소아

불고기버거 하나 주세요. -_-^ - 소아

전 결국 녀석에게 불고기버거를 하나 사줬습니다. -_-^

제기랄. -0-!!

고맙다. ^-^ - 선진

됐어. -_- 갚아, 자슥아. - 소아

데려다 줄게. ^-^ - 선진

선진이 자식과 닭이 더 멍청하다 -_- 아니다 붕어가 더 멍청하다 등으로 -_- 싸우다가……. -_-

야. -_- 니 집 앞에 누구냐? -_-- 선진

응? O_O - 소아

무심코 집 앞을 보자…….

안소아……. - 석

여전한 금발에…… 살짝 웃으면 나조차 저절로 미소가 나게 만드

는…….

보고 싶었어……. - 석

우윽……. ㅠ_ㅠ……. - 소아

녀석은 한걸음에 달려오더니…… 절 껴안았습니다…….

녀석의 심장 고동소리가 두근두근 하며 들렸고…….

녀석의 얼굴을 보자마자…….

석이…… 맞아? 응……? 민석…… 맞는 거야? 응? - 소아

그래……. - 석

키…… 많이 컸구나……. 약간 통통했던 볼살도 많이 빠졌어…….

너…… 뭐야……? - 선진

절 석이의 품에서 홱!! 떼어내곤 잔뜩 살기 어린 눈으로 석이를 쳐다보
는 선진이…….

선진이가 이런 표정 짓는 거…… 처음 봅니다…….

누구야…… 안소아? -_-^ 너 바람피웠냐? - 석

치…… 친구야. -0-; - 소아

석이의 눈이 시퍼렇게 변하면서 -_-; 저를 무섭게 쳐다봤습니다. -_-;

전 선진이를 쳐다보며…….

데려다줘서 고마워……. ^-^ - 소아

안소아……. 너 말야……. 너……. - 선진

야. 너 그만 가. - 석

넌 끼어들지 마. - 선진

선진인 눈빛을 카랑거리며 석이를 쳐다봤고 석이도 선진이를 무섭게
쳐다봤습니다…….

왜 그럴까……?

전 계속해서 멀뚱멀뚱 선진이를 쳐다봤습니다.

선진이가 저런 표정 짓는 거…… 정말…….

야, 박선진. 왜 그렇게 무섭게 표정 짓고 있냐!? 너한테 진짜 안 어울
려. -0- - 소아

선진자식…… 저를 홱~ 쳐다보더니…….

내가 더러운 표정 쓰건 말건 니가 무슨 상관이야……? - 선진

뭐……? - 소아

선진이는 침을 탁! -_- 뱉곤 사라졌습니다…….

왜 화가 났을까? -_-…….

그만 들어가자. 니네 엄마도 보고 싶다. ^-^ - 석

으응……. - 소아

자꾸만 선진이가 간 곳에 신경이 쓰이고 눈길이 갑니다…….

이상하다…… 무슨 일 때문에 화가 났을까? 내일 학교에서 만나면 풀

어줘야지. -_- 화났나 본데……. -_-……

어머~ >_<!! 석이 왔구나!! >ㅁ<!! 어머나~ 멋있게 변했네~. - 수영

고맙습니다.^-^ - 석

석아 들어와. - 소아

쳇. 저 새끼 왜 왔냐? -_-^ - 소민

오빠!! -_-+ - 수영

알았어~ 알았다고~. -_-^ - 소민

엄마는 아부지를 데리고 안방으로 사라졌습니다. -_-……

변함없으시구나. ^-^ - 석

그렇지 뭐……. - 소아

뭐가 이리 어색할까……. 뭐가 이리 서먹서먹할꼬. -_-;

전 냉장고에서 오렌지주스를 꺼내며…….

먹을래? 생과즙이야. -_- - 소아

물론. ^-^ - 석

전 석이에게 오렌지주스를 주고 – _ – 소파에 앉아…….

어떻게 지냈니? – 소아

뭐…… 그럭저럭……. ^–^ – 석

흐응……. –_–…… – 소아

너야말로……. 넌 어떻게 지내냐? – 석

뭐…… 잘……. – 소아

한참을 말없이 오렌지주스만 마시고 있다가…….

석이가 몸을 일으키며…….

나…… 그만 갈게. – 석

어? 벌써? ㅇ_ㅇ – 소아

석이는 잔뜩 화난 표정을 지었습니다.

왜 그러지……?

너, 화났니……? – 소아

어……. 조금…….

안소아……. 그 자식 신경 쓰이면 그냥 가. 그 자식 쫓아가지 그랬냐?

왜 나 비참하게 만들어? – 석

무슨 소리야……? – 소아

너 계속 창문 보면서 허둥대고 있잖아. 그 자식. 선진인가 뭔가 간 곳을…… – 석

전 아무 말도 할 수 없었습니다……. 선진이가 ㅈ정된 건 사실이었으니까…….

친구도 없을 텐데……. –_–……

석이는 오히려 제가 아무 말도 안하자…….

간다. 내일 보자. – 석

하고는 콰앙!! 문을 닫고 나갔습니다…….

엄마와 아빠 안방에서 마구마구 달려오더니…… –_–

뭐야!! +ㅁ+; 너 이제 석이 안 좋아해!? – 수영

거봐~. –_– 딸. 지금 새롭게 좋아하는 사람 있지!? 그치!? – 소민

두 분 다…… 훔쳐보셨군요……. –_–……. 잘게요. –_–…… – 소아

전 마구마구 뭐라고 하는 두 사람의 말을 한 귀로 듣고 한 귀로 흘리며 –_– 잠자리에 누웠습니다…….

왜일까……? 뭐가 이리 답답할까……?

오랫동안 석이를 기다려 왔는데…… 내가 왜 이러는 걸까……?

후……. 석이 화난 거 같던데…… 내일…… 화 풀어줘야지. – 소아

그리고……. 잔뜩 화가 나서 검은색 머리칼을 푹 숙이고 가던 선진이가
눈앞에 떠올랐습니다…….

몰라……. 모르겠다……. - 소아

전 "모르겠다" 는 말을 남기고…… 스르르 잠이 들었습니다…….

#3

야. 도대체 왜 그러는 거야! ﹣_﹣+ ﹣ 소아

뭘? ﹣ 선진

왜 자꾸 나 무시해!! 그리고 어제 왜 화가 났는지 알아야 할 거 아냐!! ﹣

소아

상관 마. ﹣ 선진

야!! 박선진!! 야!! 〉ロ〈!! ﹣ 소아

소…… 소아야. ﹣_﹣; 왜…… 왜 그래? =ロ=;; ﹣지

짜증나는 하루입니다. ﹣_﹣^

아침에 안녕~ 하고 인사해도 쓰윽~ 하고 찬바람을 일으키며 가버리

고…….

으휴. ﹣_﹣^ 열받아서 뭐라 그러니까 더욱더 화가 난 모습으로 나가버

리는 녀석…….

도대체 왜 그러는 거야……? ﹣_﹣^

저기 소아야. ﹣_﹣ 내가 생각해 봤는데……. ﹣ 지

뭘! ﹣_﹣^ ﹣ 소아

지이는 제가 버럭! ﹣_﹣; 소리를 지르자 깜짝 놀라며 우물쭈물 입을 열

어 말했습니다.

곰곰이 생각해 봤는데……. 선진이…… 니네 아빠랑 좀 닮지 않았니? ㅇ_ㅇ. - 지

어? -_-…… - 소아

그러고 보니…… 꽤 차가운 성격과…… 검은색 머리칼이랑…… 눈이 닮았다…….

지이는 잠시 얼굴을 붉히며…….

너 선진이 인기 없고 왕따인 줄 -_-; 아나본데……. 아냐……. 선진이 인기 꽤 있다 뭐. 나도 입학할 때 선진이 보고 뭐…… 약간……. 관심 있었다 뭐……. *-_-*. - 지

-_-;; - 수영

그…… 그랬단 말야!? ㅇ_ㅇ;;

아참! 어제 석이녀석 왔다! +ㅁ+! 그런데 술에 잔뜩 꼴아서 왔더라구. -_- - 지

그래……? - 소아

별로 걱정이 되지 않는다……. 오히려 무표정만을 조용히 짓고 있는 선 진녀석에게 신경이 쓰인다.

도대체 나에게 왜 이러는 걸까?

전 손톱을 잘근잘근 씹으며 계속 선진이 생각을 했습니다. -ㅁ-

…….

오늘은 수학시험 점수 미달 덕분에 -_-; 재시험에 남게 되었습니다.

소아! 파이팅!! 〉_〈!! 꼭 50점 넘어야 돼!! +ㅁ+ - 지

그…… 그래. 그래. -_-;; - 소아

교실에 들어서자…….

어어. -_- 소아 왔구나. 빨리 자리에 앉아라. -_- 여자 재시험자는 너

밖에 없는 거 알지?-_- - 선생

네……. -_-……. - 소아

전 수학에 무척 약합니다. -_-;;

어지럽게 써져 있는 숫자들을 바라보며 -_- 한숨을 푸욱~ 쉬고 -_-

옆을 힐끔 보니…….

선진이 녀석…… -_- 너도 재시험자였구나. -_-…….

전 샤프를 횡횡 돌리며 시험문제에 열중해 있는 -_-;; 선진이 녀석을

바라봤습니다. -_-

꽤 부드러운 눈매에 살짝 눈을 가리는 검은색 머리칼, 잘 어울리는

코…… 연한 붉은색의 입술…….

뭘 봐……? – 선진

어어!? ⊙_⊙ !! 아…… 아냐. =ㅁ= – 소아

선진이는 피식 웃더니…… 다시 시험지에 눈을 돌렸습니다. –_–.

저도 선진이를 다시 한번 힐끔 쳐다보곤 시험지에 눈을 돌렸습니다.

재시험이 끝나자 –_– 전 멀찌감치~ 걸어가는 선진이 자식의 머리통을 후려 갈기며……. –_–

야!! –_–+ – 소아

선진이는 귀찮은 듯 제게 맞은 머리를 부비적거리며 눈썹을 치켜 올린 채로 절 쳐다보고 있습니다. =ㅁ=……

뭐야? –_–^ 아프잖아. – 선진

아프라고 때린 거야. –_–+ – 소아

선진이는 무슨 소리냐는 뜻으로 –_– 절 쳐다봤습니다.

전 선진이 자식의 멱살을 꽈악~ 잡곤 제 얼굴 앞으로 녀석의 얼굴을 홱액~ 잡아당겼습니다.

너…… 나한테 뭐 화난 거 있지? 그렇지? ㅇ_ㅇ. – 소아

없어. –_– 야 쏠려. 면상 치워. 너 무슨 광고 찍냐!? –_– – 선진

전 무안해서 -_- 멱살을 잡았던 손을 놓았습니다. -_-;

야……. - 선진

왜? O_O…… - 소아

너…… 그 자식이랑 무슨 관계냐? - 선진

누구? O_O - 소아

선진녀석은 약간 우물쭈물대더니 더듬더듬거리며…… 하지만 약간 신경질적인 목소리로…….

그 금발……. 금발로 머드팩한 새끼 뭐냐고? -_-^ - 선진

-_-……

석이를 말하나 봅니다. -_-…….

어…… 어으음……. - 소아

남자친구라고 말할까……?

아니…… 결혼하기로 옛날에 약속한 사람? -_-…….

전 심각하게 고민한 끝에…… 선진녀석을 쳐다보고 씽긋 웃으며…….

친구야……. 그냥…… 소꿉친구……. ^-^ - 소아

흐응……. -_-…… - 선진

선진녀석은 절 빤히 쳐다보더니 말했습니다.

구라 좀 까지 마. 너 옛날에 민석이랑 결혼 약속까지 했잖아. - 선진

ㅇ_ㅇ!? - 소아

저…… 저 녀석이 그걸 어떻게 알지……? ㅇ_ㅇ;;;

전 당황해서 키가 큰 선진녀석을 아래에서 빤히 올려다보자 선진녀석
은 잔뜩 얼굴이 빨개졌습니다…….

야…… 있잖아……. - 선진

선진녀석이 무언가 말하려고 하는 순간에…….

닐리리야~ 닐리리야~ 니나노~!! -ㅁ-…….

-_-;;;;;;; - 소아

-_-^ - 선진

제 폰소리인 닐리리야가 -_-;; 울렸습니다. =ㅁ=;;

전 당황해서 휴대폰을 서둘러 받았습니다.

야!! +ㅁ+! 안소아!! 너 민석이랑 사귀었었어!?!?! - 지

얼마나 크게 말했는지 -_-;; 옆에 멀뚱하게 서 있었던 선진녀석까지 들
을 정도였습니다. -_-;;

전 당황해서…….

소…… 소꿉친구야. -ㅇ-;; - 소아

야!! 그 새끼가 니네 집 가서 막 니네 엄마 꼬시고 너랑 교환일기 썼
지!?!? – 지

어? 니가 어떻게 알아? ㅇ_ㅇ. – 소아

그건 말야!! 그 자식이!! – 지

뚜욱~. –_–……

누군가 제 폰을 들어 탁. 하고 닫았습니다…….

민석…….

너…… 집에 안 가고 왜 여기 있냐……? – 석

어……? 아…… 어……. –_–;;; – 소아

석이는 제 손을 거칠게 잡았습니다. 전 놀라서 석이를 올려다보았
고…….

석이는 선진녀석을 죽일 듯이 쳐다보며…….

니가 왜 여기 있냐……? – 석

선진이는 피식 웃더니 저와 석이를 쳐다보며 두언가 의미심장한 말을
남겼습니다…….

……상처 주지 마……. – 선진

석이는 그 말을 듣곤 잔뜩 얼었고…….

저는 그 말을 남기고 쓰윽 지나가는 선진이를 쳐다봤습니다…….

도대체 뭐가 어떻게 되는 거야……?

그리고 지이는 아까 무슨 말을 하려던 걸까……?

석이는 집까지 아무 말 없이 저를 데려다 줬습니다.

전 아무래도 궁금해서…….

저기…… 석아……. 아까…… 지이가……. – 소아

잘 자. – 석

석이는 그 말을 남기고 휭~ –_– 떠나버렸습니다……. –_–

전 그런 석이의 뒤깡을 씹으며–_– (유전 –_–;) 집으로 들어갔습니다.

집에 들어가자마자 들린 건……. –_–…….

쭈봉이랑 포도 어디다가 팔아먹었어!! ㅠ0ㅠ!! – 수영

진짜 시끄럽네……. –_–^…… – 소민

쭈봉이랑 포도 당신이 어디다가 팔아 먹었을 거 아냐!! ㅠ0ㅠ!! – 수영

어~ 소아 왔구나. –_– 빨리 자렴. –_– 오늘 왜 이렇게 늦게 왔니? ㅇ_ㅇ – 소민

수학 재시험 때문에요. –_–. 안녕히 주무세요. – 소아

씨잉……. ㅜ_ㅜ…… 나만 무시해. ㅜ_ㅜ…… – 수영

아이구~ 그랬어~? 아이구~. ㅡ_ㅡ^ ㅡ 소민

쭈봉이랑 포도 어디다가 팔아먹었어? ㅠ_ㅠ. 내가 소아 낳기 전만 해도 있었는데…….ㅜ_ㅜ…… ㅡ 수영

엄마는 아부지께 끝까지 매달리면서 ㅡ_ㅡ. 포도인가 쭈봉인가 ㅡ_ㅡ;; 처음 들어보는 희한한 이름을 대며 울고불고 소리쳤습니다…….

설마…… 숨겨둔 아들과 딸!? +ㅁ+;;…….

……설마……. ㅡ_ㅡ……

곧 침대에 누우려고 하는데 닐리리야~ ㅡ_ㅡ. 가 울려퍼졌습니다. ㅡ_ㅡ;;

여보세요? ㅇ_ㅇ ㅡ 소아

어어!! 소아!! 아까 못했던 말 마저 하려고!! ㅡ 지

뭔데 그래. ㅡ_ㅡ ㅡ 소아

지이는 급하게 말하며…….

우리 유치원 있지!? 응!? 그 유치원에 박선진도 같이 다녔었나봐!! ㅡ지

뭐!? ㅇ_ㅇ. ㅡ 소아

전 허둥지둥 유치원 앨범을 꺼냈습니다…….

박선진……. 박선진…….

있지? ㅇ_ㅇ 그치!? 어쩐지~ 입학식 때 좀 본 얼굴이다 했다~. ㅡ 지

있다! 박선진! +_+.

까우~. 〉_〈 절라 귀엽네……. +,.+……. (헉! -_-:)

지이는 흥분하며 말했습니다.

야.! 안소아!

내 말 잘 들어……. 숨을 꾸욱~ 참고 잘 들어야 돼!! - 지

응 -_-. 알았어. - 소아

지이가 뭐라고 하려고 할 때…….

소아야!! 빨리 내려와 봐!! 석이 왔다!! - 수영

뭐……? 이 시간에……?

저기 지이야…… 내일 말하자. 어? - 소아

안돼!! 야, 니네 집에 지금 민석 왔지? - 지

응……. 내일 얘기하자. - 소아

전 전화를 뚝 끊곤…… -_- 쿵쿵거리며 방문을 열고 나가려는데…….

석이는 제 방의 문을 콰앙~ 닫고 침대에 앉아 있는 저를 쳐다보더니 자기도 침대에 앉았습니다.

응……? - 소아

석이는 절 진지하게 쳐다봤습니다.

여전히 금발인 머리와…… 날 쳐다보는 검은색 눈…….

전 그런 모습의 석이를 쳐다봤습니다.

석이는 절 빤히 쳐다보며…… 하아~ 하고 한숨을 쉬더니…….

우리…… 친구에서…… 조금 더…… 발전할 수 있을까? – 석

전 침을 꿀꺽 삼켰습니다.

그래……. 난 어릴 적부터 석이를 좋아해 왔잖아……. 사진도…… 언제
나 품속에 넣어뒀으니까…….

응…… 응…… 그래……. – 소아

선진이의 얼굴이 화악~ 머리 속을 스쳐갔지만 …… 몇 초도 안돼……
석이의 품에 안겨 있는 걸 느끼고…….

전 그저 멍하니 안겨 있었습니다…….

석이가 그렇게 가고…… 다음날…… 지이가 – _ –. 마구마구 달려오더
니…….

야!! 안소아!! @ 0 @!! – 지

– _ –;; 나도 너한테 할말 있어. ^–^ – 소아

전 지이를 학교공원에 데리고 가…….

나…… 니 1초 오빠 석이랑 사귀기로 했어……. ^–^…… – 소아

뭐……? – 지

지이는 믿을 수 없다는 듯 눈을 크게 뜨며 굳은 듯 몸을 움직이지 않았습니다…….

어라? –_–;; 내가 지 오빠랑 사귀는 게 그렇게 맘에 안 드나……? –_–.

야, 민지! 지야! 왜 그래!? –_– – 소아

어어~ 소아!! ^_^!! 어…… 지이까지 있었구나? ^–^ – 석

석이가 학교까지 웬일이래!? –_–;;

전 석이를 쳐다보고 그저 씨익 웃었습니다. 하지만 지이는 석이한테 다가가더니…….

짜악!!

까아!! +ㅁ+;; 무…… 무슨 짓이야! 민지!! – 소아

미쳤군……. 니가 아무리 내 오빠라도…… 정말…… 재수없어. 알아!? 너 같은 게 내 오빠라는 게 더 수치스러워!! – 지

지이는 눈물을 글썽글썽거리며…… 저에게 오더니…….

선진이…… 참 불쌍하다……? 응……? 그치……? – 지

지야……? – 소아

지이는 그렁그렁 고인 눈물을 쓰윽 닦은 다음…… 저에게 조용히 말했

숨니다…….

이 바보야……. 니가 어릴 적 그 민석은 여기 나한테 뺨대기 맞은 이 민석이 아니라 박선진…… 그 자식이야……. 이 바보야……. – 지

전…… 놀라서…… 고개를 숙이고 있는 민석을 보고…… 그리고 빨리 박선진한테 가보라고 하는 지이를 보고…… 마구마구 달렸습니다…….

내 어릴 적 민석이…… 저 자식이 아니라…… 박선진…… 너였다고?

하지만…… 내가 기억하는 이름은…… 민석인데…….

아무튼 그런 건 상관없어…….

전 마구마구 달렸습니다…….

운동장을 휘휘 둘러보니…… 농구공을 툭툭 튀기며 서 있는 녀석…….

전 녀석에게 슬금슬금 다가갔습니다…….

너…… 농구 되게 못한다……? – 소아

참 나……. 내가 못하든 말든……. – 선진

선진이는 검은색 머리칼을 들어올리며 저를 쳐다봤습니다…….

너…… 왜 우냐……? – 선진

전 땅에 구르고 있는 농구공을 선진녀석의 얼굴에 정통으로 맞췄습니다. –_–;;

아악!! +ㅁ+;; − 선진

너…… 정말 바보냐!? 너 정말 바보야!? 니가 민석이라며!! 니가 민석이
라며!! ㅠ0ㅠ!! − 소아

선진녀석은 뻘~ 겋게 −_−;; 된 얼굴을 부비적거리다가…… 제가 외친
말을 듣곤 멍하니 저를 쳐다봤습니다…….

전 눈물을 뚝뚝 흘리고 있었습니다…….

너……. − 선진

나쁜 놈!! 정말 나쁜 놈이야!! − 소아

전 마구마구 농구공을 던졌고 −_−;; 선진이는 제가 던진 농구공을 그저
맞고만 있었습니다. −_−;;

통에 있던 농구공이 다 없어지자…… 선진이 자식은 −_−;; 제게 손수건
을 건네주며…….

울지 마라……. − 선진

ㅠ_ㅠ……. − 소아

선진이는 울고 있는 저를 공원으로 데리고 가더니 벤치에 앉히고…….

우선…… 내가 왜 박선진인지 밝혀야겠지? − 선진

전 말없이 선진녀석을 쳐다봤고…….

선진녀석은 검은색 눈빛을 더욱더 검게 물들이며…….

유치원 때…… 민석이랑 난 친한 친구였어……. 그러다가 민석이가 너를 좋아한다고 나한테 고백을 하데? 어릴 적이라 잘 기억은 안 나지만 −_−;; 내가 민석이란 이름으로 너를 꼬셨던 것 같아. −_−…… 아무튼…… 난 그렇게 너랑 지내면서 너를 굉장히 좋아하게 되었고……. 5학년 때까지 잘 지내다가…… 캐나다로 이민을 가게 되었어. 알지? 그리고…… 지금 니 앞에 나타난 민석은 너를 좋ㅇ-했던 그 유치원 꼬맹이 민석이야……. 난…… 민석이란 이름으로 너랑 친했던 박선진이고……. − 선진

날…… 속였다는 거네…… 둘 다? − 소아

선진녀석은 말없이 조용한 음색으로…….

미안. 하지만…… 하지만 말야……. 난 너 그리워서 2년 만에 돌아왔어. 입학식 때 너 보고 얼마나 기뻤는지 알아? 하지만…… 넌 내 명찰에 있는 이름만 보고 그냥 휙 지나가더라. 민석이란 이름이…… 너한테 그렇게 크게 박힐 줄은…… 몰랐어. 미안해……. − 선진

전 계속해서 선진이를 쳐다봤습니다…….

갑자기 궁금해진 것에 대해…….

그럼…… 아까 그 민석은……. – 소아

나랑 친했던 진짜 민석이지……. – 선진

머리가 복잡합니다…….

그러니까…… 내가 좋아한 건 박선진이었다. 박선진은 거짓 민석을 흉내낸 거고 진짜 민석은 지금 나를 찾아와……!? ○_○……

미안……. 미안하다고밖에 말 못하겠어. 어릴 적에 내가 박선진이라고 말했어야 하는 거였는데. – 선진

전 그런 선진녀석을 보다가…….

그렇게 미안하면 말야…….

……죽을 때까지 내 옆에 있어주면 용서할게……. ^-^…… – 소아

언제나 소중한 꿈…….

cherished dream

민재. 번외. 너 뭐야!?

#1

후우……. −_−…… − 민재

조용한 카페에서 달콤한 모카커피를 한 모금 들이키며

창밖을 아련히…… 바라보면서…….

지민아……. − 민재

응?! 나 불렀어!? ^_^!! − 지민

@ 0 @ !!

니…… 니가 왜 여기 있는 거냐!? 너 스토커냐!? −0−+ − 민재

아니. −_−;; 나 학교 끝나고 여기서 아르바이트하거든. ^-^ 근데 나 왜

불렀어? ○_○ − 지민

−_−……. − 민재

야!! 이민재!! 너 춤추러 가냐!? ^-^ − 지민

−_−^ − 민재

이 여자애…… 내가 사랑하던 여자아이와 닮았다……. 무척이나…….

성격도 비슷하고…… 하는 짓도 비슷하고…….

하지만…… 달라……. 너와…… 나의 한지민은·· ….

여~ 민재 춤추네!? 하하하~. 〉_〈 – 지민

–_–^ 너 여기 왜 왔냐?! – 민재

어!? 글쎄……. 내가 여기 왜 왔더라……? –_–a – 지민

–_–;;; – 민재

잠시 바보 같은 모습을 보이는 것조차…… 똑같다…….

너무 똑같아서…… 무서울 정도로…….

야 이 동작 어떻게 하는 거야!? 나 좀 가르쳐주라. ^–^ – 지민

넌 못해. –_– 여자가 스리킥하는 건 어려워. –_– – 민재

그래도 가르쳐줘~. – 지민

–_–^…….

잘 봐. 손을 이렇게……. – 민재

원킥, 투킥, 스리킥까지 하자 그 녀석 환하게 웃으며…….

와와~. +ㅁ+!! – 지민

–_–v – 민재

흐음……. 손을 이렇게 해서…… 아악!! 〉ㅁ〈!! – 지민

잘한다~ 잘해. –_–^ 손목을 아예 부러뜨려라. –_–+ – 민재

날 따라하다가 손목이 삐끗했는지 손목을 잡고 울먹이는 녀석.

휴…….

난 그 녀석 손에 붕대를 쓰윽쓰윽 감아주곤…….

여자가 하는 거 아니랬지? – 민재

멋있어 보였단 말야……. ㅠ_ㅠ. – 지민

쿡…….

바보같이 칭얼칭얼대는 모습에…….

괜히 눈물이 고였다……. 나의 한지민을 보는 거 같아서.

내가 사랑한…… 한지민의 모습을 재생해서 보는 거 같아서…….

야! 붕대 감아줘서 고마워! >_<!! – 지민

씽긋 웃으며 가는 녀석을 그저 바라보다…… 슬금슬금 집으로 가려고
하니…….

폰이 신나게 울렸다. -_-.

여보세요? – 민재

어여~ 민재!! 너 당장 우리 집으로 와라. -_- – 소민

왁자지껄 시끌벅적…….

나는 이런 시끄러움조차 싫다…….

이렇게 시끄럽다가도…… 집에 홀로 들어가면…… 너무나 쓸쓸하니

까…….

아니에요 형……. 저 오늘 피곤해요……. - 민재

그래? -_- 그래도 와. -_-- 소민

-_-;;; 형……. -_-;;;;; - 민재

그래…… 알았다……. 푹 쉬어라. - 소민

집에 들어가자마자 보이는 건 한지민…… 사진…….

나 왔다……. 집에 혼자 있느라 힘들었지? - 민재

말없이 웃기만 하는 사진을 보면서…….

쓸쓸히 침대에 푸욱~ 누웠다…….

어느새 밖엔 보슬보슬 비가 내리고 있었고…….

피식…….

지민이…… 죽는 날에도…… 비가 왔었는데…….

눈 사이로 볼을 따라 눈물이 또르르 흘렀다…….

손으로 이마를 가리곤 가만히 눈물 한 줄기 보냈던 거 같다…….

곧이어…… 띵동거리는 벨소리에 눈물을 닦곤…….

누구세요……? - 민재

어!? 나 지민이야! 지민이! ^-^ - 지민

지민……!?

한지민……!??!??!?

설마 하는 생각에 문을 벌컥 열자…….

너…… 울었냐……? O_O. – 지민

한지민……. 아니야…….

난 고개를 푸욱 숙이며…….

너 뭐야……?

너……. 뭔데 이렇게…… 나 힘들게 해……. – 딘재

이민재? 너 왜 그래? – 지민

난 조용히 말을 이어 나갔다…….

그렇게…… 닮은 목소리로……

그렇게 닮은 얼굴로……

똑같은 행동으로……

나 헷갈리게 하지 마…….

하지 말라고!! – 민재

움찔거리는 그 녀석…….

내 눈에 눈물이 고여 있었나 보다…….

잠시…… 나를 빤히 쳐다보더니…….

미안……. 미안……. 귀찮게 해서……. 신경…… 쓰였니? – 지민

난 아무 말도 안 하고 그 녀석을 쳐다보았다…….

지민아……. 한지민……. 가지 마……. 한지민……. – 민재

끌어안았다…….

한지민에게 났던…… 포푸리향이 났다…….

가지 마…… 지민아……. – 민재

내 어깨를 꽈악 끌어안더니…… 하는 말…….

난 말야……. 니가 생각하는……그 한지민이…… 아니야……. – 지민

난 품에서 그 녀석을 떼어내고 눈물 고인 눈으로 쳐다보았다…….

그러곤…… 눈물을 한 방울 떨궈내고…… 다시 녀석을 쳐다보자…….

미안…… 내가 착각했나 보다……. – 민재

그 녀석은 우물쭈물대다가…….

궁금한 게 있어……. 그…… 한지민이란 사람…….

어떤…… 사람이었니? – 지민

핏…… – 민재

난 살짝 웃었다…….

너랑 아주 똑같지……

성격도 똑같고…… 외모도 똑같아……

너랑……. 하지만……. 사랑하는 사람이야…….

아무런……

어떤 사람이건…… 그런 거 없어…….

내가 죽을 만큼 사랑한 사람이야……. – 민재

그녀석은 날 빤히 쳐다보다가…….

갈게……. – 지민

난 탁…… 하고 문을 닫고 나가는

그 녀석을 바라보다……

멍하니 뒤돌아서니 보이는 건……

지민아……? – 민재

잔뜩 눈물이 범벅된 채로 울고 있는 지민이…….

너…… 한지민……. 한지민……. 한지민이다…….

지민아……? 한지민……? – 민재

조금씩 손을 대려고 하자…… 고개를 끄덕이며 ㅁ-구마그 눈물이 범벅

된 채로도 모자란지 그래도 울고 있는…….

너…… 왜 울어……. 말해봐……. - 민재

이것도 꿈일까……?

하지만…… 꿈속에서…… 이렇게 슬프게 우는 녀석의 모습은 처음 본다…….

지민아……. - 민재

손을 내뻗자…… 조금씩 뒤로 물러나는 녀석…….

눈은 빨개진 채로…… 잔뜩 슬픈 눈으로 나를 봐……?

왜 그래? 응? - 민재

무언갈 말하는 듯…….

바~ 야……?

바보야……?

하아……. - 민재

깨어나 보니…… 소파 위에 누워 있는 나…….

뒤돌아보니…… 여전히 걸려 있는 사진…….

나……. 언제까지 이렇게 아파야만 하는 걸까……?

난 조금 떨리는 손으로 사진을 쓰다듬곤…….

미안……. 내 집에…… 여자가 와버렸다…….

미안해…… . - 민재

언제나 혼자 말하고…… 언제나 들려오는 건……

또다시 대답없는 사진을 보고 웃으며 말하고 있는……

내 목소리뿐…….

……

……

언제나…….

당신만을 사랑할 것을…….

맹세합니다…….

당신이 죽더라도…….

영원토록……

수민. 번외. SAD⋯ LOVE⋯ IS⋯

#1

야!! 유수민~!! 빨랑 안 일어나냐!? 〉ㅁ〈!! 학교 안 가!? 너 고등학교 3
학년이면서 이렇게 늦으면 어떻게 해!! 누나가 니네 집까지 와서 깨워
줘야겠냐!??!?! +ㅁ+!! - 수영

누나⋯⋯ 침 튀겨⋯⋯. =ㅁ=⋯⋯. - 수민

빨랑 일어나!! 〉ㅁ〈!! - 수영

⋯⋯.

잘 다녀와~. ^_^!! - 수영

-_-^ 다녀올게. - 수민

꼭두새벽에 찾아와선 -_-^ (수영이가 찾아온 시간은 정확히 8시10분
이었다 -_-;) 버럭버럭 무섭게 마녀처럼 소리 지르던 누나는 내가 학교
를 갈 때쯤이면 도시락을 주는 천사로 변해 있는다. -_-

참 나⋯⋯. 안소민은 이런 누나의 모습을 알까? -_-⋯⋯.

지각하면 청소 한번 하는 거지 뭐. -_-^ - 수민

계속해서 투덜투덜거리며 걷다가⋯⋯.

쓰윽~ 하고 교복을 쳐다봤다⋯⋯. 일본교복은 우리나라보다 멋지던

데…….   −_−

남자교복…… 우리나라 거 촌스러워.   −_−^

여자교복은 우리나라 게 더 이쁜데 말야.   −_−^

저 새끼 엉덩이 씹히겠네.   −_− 복고풍이고 지랄이고.   −_−^ − 수민

학교에 가까워지자 바지를 끝까지   −_− 줄인 남자새끼들이 슬슬 걸어

가고 있었다.   −_−

저게 멋있는 줄 아나?   −_−^

수민아!! 좋은 아침!! +ㅁ+;; − 수현

어.   −_− 정수현. 너도 지각이냐!?   −_−− 수민

너 안 뛰고 뭐하냐!? 어!? ㅇ_ㅇ!! 지각이라니깐!! − 수현

놔둬.   −_− 범생이 수현씨는 계속 뛰세요~.   −_−…… − 수민

단정하게 어깨까지 내려오는 검은색 긴 생머리와 붉은 입술……. 맑은

눈……. 뛸 때마다 느껴지는 좋은 향기…….

우리 학교 얼짱 정수현이다. 날라리도 아니고 범생이도 아닌 그냥 평범

한 아이…….

저 아이를 보면 누나가 생각난다.   −_− (아무도 말릴 수 없는 시스터 콤

플렉스 −_−)

묘하게…… 사람을 이끄는 것 같은…… 그런 아이다…….

누나도 이상하게 남자복 많았었지. -_- 지키느라 힘들었지만. -_-.

유수민!! 또 지각이냐!??!?!? +ㅁ+!! - 선생님

선생님!! ㅠ0ㅠ!! - 수민

연기 시작. -_-…….

뭐…… 뭐야!? O_O;; - 선생님

오늘 누나가 열이 펄펄~ ㅠ_ㅠ 끓어서 간호해 주고 오느라 늦었어요~.

ㅠ_ㅠ 용서해 주세요~. 으어어엉~. ㅠ0ㅠ!! - 수민

그…… 그래? O_O;;

자리에 앉아라……. 누나는 괜찮니? - 선생님

네……. ㅠ_ㅠ. - 수민

수민이는 자리에 앉아라. O_O.

그리고 오늘 전학생이 한 3교시쯤에 올 테니까 그때 내가 소개시켜주마. 이상. - 선생님

언제나 나의 허접한 연기를 보고도 속는 선생의 뒷모습에 대고 메~ 롱을 날리고는 순식간에 무표정으로 변한 날 보고 황당한 표정으로 어쩔 수 없다는 몸짓을 하는 정수현. -_-.

너 오버다. (－_－)ㄴ

수민아~. 〉ㅁ〈!! － 복성

어어~ －_－ 복성아. －_－ － 수민

복성이라고 부르지 마~. ㅠ_ㅠ － 복성

니 이름 복성이잖아. －_－ 복성군!? － 수민

일본에서 내가 한국으로 컴백했다는－_－ 소식을 들은 우리의 복성군도
날 따라 이곳으로 왔다. －_－ 지가 일본에선 왕따랜다. －_－;;;;;;;;

니네 반에 전학생 오지!? ㅇ_ㅇ － 복성

어. －_－ － 수민

와~ 여자였음 좋겠다. +_+. － 복성

－_－……. － 수민

복성이의 말이 끝나자 종이 치고 복성이는 지 반으로 갔다.

1…… 2…… 3교시……. 정말……. 열심히 딴짓 했다. －_－……

무료하게 샤프를 휭휭 돌리고 있을 때……. 드르르륵~ 문소리와 함
께…… 누군가 쓰윽 들어오는 걸 느꼈다…….

그리고 익숙한 목소리로…….

여기가…… 3학년 2반 맞나요?! － 미지

순간 고개를 번쩍 들었다…….

어깨선을 살짝 넘는 곱슬머리와 긴장한 듯 꽉 다물어져 있는 분홍 입술……. 빨려들 듯 검은 눈……. 쌍꺼풀이 살짝 진 눈…….

아. 전학생이구나? ^-^ 얘들아 인사해라. 강미지다. 미지. - 선생님

안녕하세요. 미지라고 해요. ^-^ 앞으로 잘 부탁해요. - 미지

휘휙~ 거리는 휘파람 소리와 꽤 흥미로운 눈으로 남자아이들은 미지를 보고 있다…….

같은…… 나이 아니었는데……. 나보다 한 살 어렸는데…….

순간 휘익 내 쪽을 보곤 살짝 웃는 미지…….

미지는…… 저기 왼쪽 자리에 앉아라……. - 선생님

미지와 내 자리의 거리는 겨우 책상 하나 차이…….

미지가 내 옆을 쓰윽 지나갈 때 나도 모르게 무심코 미지를 쳐다봤다…….

장미향…….

아아~ 미지는 아직 교과서 없지? 야! -_- 유수민! 너 미지랑 교과서 같이 봐라! - 선생님

네……. - 수민

O_O;; - 선생님

내가 왜요?-_-^ 라고 예전 같으면 말하겠지만.

남자아이들의 꽤 부러운 시선을 받으며 미지 옆자리에 앉았다.

가까이 앉자 향긋한 장미향이 더욱더 풍겼다…….

오랜만이에요……. 오빠……. ^-^ - 미지

난 미지를 쳐다보고 쿡 웃은 다음…… 조용히 말했다…….

니가 나보다 한 살 어린 걸로 알고 있는데……. -수민

아. -_- 나 초등학교 7살에 입학했어요. ^-^;; 생일이 빨라서. - 미지

그래. - 수민

난 미지를 계속해서 쳐다보고 싶었지만 칠판으로 눈을 돌렸다.

많이…… 이뻐졌다……. 일본에서 봤을 땐 굉장히 귀엽고 어린애 같았

는데 지금은…… 여자…… 라고 느껴진다…….

오빠…… 라고 부를까요? 수민이라고 부를까요? ^-^ - 미지

수민이라 불러. - 수민

미지는 씽긋 웃더니…….

반가워!! ^-^!! 수민아!! 나는 미래의 니 여자친구가 될 강미지라고 해!!

부탁해 ^-^ - 미지

○_○……. - 수민

교실은 고요했다……. -_-…….

이 녀석은 쪽팔리지도 않는지 생글생글 웃고 있고……. 선생님은 분필
을 뚝…… 부러뜨린 채 내 쪽을 보고 있었다. -_-.

난 샤프를 툭. 떨어뜨렸다. -_-;;;;;;;

교실 아이들이 모두 이쪽을 쳐다보고 있었다……. -_-;;;

아아. 쪽팔려……. -_-;;;;

강미지. 유수민. 교무실로 따라와라. -_-^ - 선생님

선생님. -_-. 미지가 장난친 거예요. -_-.

설마 그 말을 믿으시진 않으시겠죠? -_-…… - 수민

어!? 장난 아닌데……. ^-^ - 미지

너 도대체 왜 그러니……? ㅠ_ㅠ……

난 미지를 쳐다보곤……

장난이라고 말해.-_-. 저 선생님한테 걸리면 족밥이야. -_-;; - 수민

아 진짜…….-_-^ 너 내 말 들어. /…… - 수민

싫어!! 수민이 좋아하는데 뭐!! 내가 수민이 좋아한다는데 뭐 막을 사람
이 어딨어!! -_-^ - 미지

－_－;;;;;; 너…… 이런 캐릭터였니? －_－;; – 수민

사태를 어떻게 해야 할지 몰라 씽긋 웃는 미지를 멍하니 쳐다봤다. －_－.

곧이어…… 차분하지만 무언가 화가 난 듯한…… 수현이의 목소리가
들렸다.

선생님. 저희가 선생님 놀래 드리려고 장난친 거예요. ^-^ 선생님도 아
시죠? – 수현

그 변태선생……. 수현이가 씽긋 웃으며 말하자…… 아무 말도 못하고
알았다고 한 다음 종이 치자 나갔다…….

후우……. 고맙다……. －_－…….

고맙다. – 수민

됐어. ^-^ 그럴 수도 있지…… 귀여운 여자애네. 당당해……. 이 사람
많은 교실에서 고백도 하고……. 쿠쿡……. – 수현

그만해라~? *－_－* – 수민

잘해봐. ^-^ – 수현

무심코 뒤를 돌아보니…….

너 이름이 강미지니? ㅇ_ㅇ – 남자1

응. ^-^ 반가워. 강미지야. – 미지

근데……. 너 아까…… 수민이 여자친구라는 건 …… 뭐지……? - 남자2

앞으로 그렇게 될 거라는 거야. 뭐……. ^-^;; 많이들 도와줄 거지!?

응!? >_< - 미지

그…… 그러지 뭐……. - 남자2

꽃미소를 풀풀~ 날리며 -_- 남자애들과…… ㅇ느새 친해졌는지 여자

애들과 함께 웃고 떠드는 녀석…….

대단한 사교성이군. -_-.

쉬는 시간에 무료하게 앉아 있는 내 곁에 털썩 앉은 미지…….

수민아. 나 머리 자를까? ㅇ_ㅇ - 미지

그걸 나한테 왜 물어보냐? -_- - 수민

수민이가 내 남자친구잖아. ^-^ - 미지

너 혼자 쇼한 거 아니었나?-_-^ 난 허락한 적 없는데. - 수민

순식간에 김이 푸수수수~ -_- 새는지 우울해진 표정……. -_-;;

아주 표정 하나로 사람을 붙들어 놓는구먼. -_-;;

알았어……. 뭐 수민이가 허락할 때까지 기다릴게……. - 미지

비틀비틀 -_-;; 거리며 자리에 털썩 앉는 녀석. -_-;;

아주…… 신경 쓰이는구먼. =ㅁ=;;

겨우 눈을 떼고 창밖을 쳐다보자…… 친구들과 함께 웃으며 걸어오는
수현이가 보였다…….

이쁘긴 이쁘네…….

날 봤는지 손을 흔드는 수현이…….

나도 손 안 흔들면 −_−; 무언가 죄를 짓는 것 같아 휘~ 휘 살짝 웃으며
손을 흔들어줬다……. −_−…….

수민이…… 수현이 좋아해……? − 미지

○_○!!

너…… 너 언제 또 옆에 있었냐!? −_−;; − 수민

정확히 3초 전에……. 수민이 니가 창밖을 보고 손 흔들며 혼자 웃길
래……. − 미지

잔뜩 김빠진 목소리로 말하는 녀석. −_−;;

살짝 삐죽 내민 입술이 귀엽다……. 뽀뽀하고 싶을 만큼…….

…….

…….

아악!! +□+;;

유수민 무슨 생각을 한 거냐!?!!? 넌 대한민국의 평범하고 건전한 청소

년이라고!! +ㅁ+!! (누가 뭐랬냐!? -_-;)

한참을 멍하니 있었는지 -_-;; 학교가 끝났나 보다. -_-.

수민아. 내일 보자. 내일도 좋은 하루 돼. ^-^ - 기지

응…… 그래.-_-. - 수민

약간 힘없는 걸음걸이로 친구들과 나가는 미지를 본 다음 곰곰이 생각했다…….

일본에서…… 미지가 간 다음에…… 난…… 분명히 미지를 좋아한다고 생각했었는데…….

사귀자고 간접 표현했을 때 왜 그렇다고 말하지 못했을까……?

부끄러워서 그랬던 걸까? -_-;;;;; 설마. =ㅁ=;;;

혼란 속에서의 하루가 지났다……. -_-…….

…….

…….

야. -_-. 유수민!? 야!! +ㅁ+!! - 복성

깜짝이야! -_-+ 왜 자꾸 그래! - 수민

정확히 76번 불렀어. -_-^ 나 무시하기로 작정한 거냐~? ㅜ_ㅜ 나 일본에서도 왕따였는데~. 크흣~. ㅜ_ㅜ. - 복성

-_-;;;;;;; - 수민

학교에 와서 웃으며 인사하는 미지의 얼굴을 보고……

친구들과 함께 웃으며 즐겁게 노는 미지를 보고……

진지하게 수학문제에 집중하고 있는 미지를 보고……

그렇게 시간이 흘러흘러 점심시간이 되었나 보다……. -_-;;;

미지라는 애 우리 일본에서 봤던 애지? ㅇ_ㅇ - 복성

그렇지 뭐. -_-. - 수민

쟤가 너한테 여자친구 되겠다며 선언했다며!? - 복성

-_-;;;;;;;; - 수민

잘해봐라~. 쿠쿡. - 복성

복성군은 살짝 웃곤 지 반으로 갔다. -_- 이제 너의 출연은 없단다 복성아……. -_-…….

복도로 나가 슬금슬금 걷고 있는데 무거운 자료들을 끙끙대며 가지고 오는 수현이가 보였다. -_-

야. -_- 너 이거 들고 오는 거냐!? - 수민

어어? 수민이구나. 고마워. *_* - 수현

볼이 발그스름한 게 귀엽다…….

제길. -_-;; 왜 미지가 생각이 나는지……. =ㅁ=;;

이 녀석도 부끄러울 땐 완전히 익은 사과가 되던데. -_-……

교실에 들어서자…… 자료들을 교탁위에 올렸다.

고마워. ^-^ – 수현

갑자기 우물쭈물대던 수현이는…….

내…… 내일 시간 있니……? – 수현

뭐……? – 수민

이…… 이게 데이트 신청이라는 건가……. -_-……

왠지…… 기쁜걸. -_-;;;;;;;

어…… 어 시간이야 넘쳐나는데……. -_-;; – 수민

수현이는 우물쭈물대더니…….

나…… 나랑 같이 도서관 가서 공부하지 않을래!?!?!? >ㅁ<!! – 수현

ㅇ_ㅇ;;; – 수민

그 소리를 들었는지 놀란 눈으로 나와 수현이를 번갈아 쳐다보는 미지……. -_-;;;

미지가 신경 쓰였지만…… 여기서 NO라고 대답하면…… 이 아이……

상처 받겠지?

그래 뭐 친군데…….

그래…… 뭐……. – 수민

활짝~ 웃는 수현이의 모습을 뿌듯하게 -_-;; 보며 자리에 앉았다. -_-. 무심코 미지 쪽을 보았는데 미지가 어느새…….

으악!! +ㅁ+; 너 축지법 쓰냐!? – 수민

어느새…… -_- 내 옆자리에 앉아 잔뜩 화가 난 눈으로 날 쳐다보고 있었다. -_-;;

너 수현이랑 도서관 가서 데이트할 거야!? -_-^ – 미지

어. -_- – 수민

왜!? – 미지

난 순간 할말이 없었다. -_-;;

어떻게 여자 맘에 상처 주기 싫어서라고 말할 수 있을까? -_-;;

난 고심해서…….

친구니까. -_- – 수민

친구라면 다 데이트할 거야!? >ㅁ<!! – 미지

너 유치하게 왜 그래? – 수민

순간 나도 모르게 나온 말이었다. -_-;;

난 말을 잘못 내뱉은 걸 알고 서둘러 말을 돌리려고 했지만…….

우아아아앙!! ㅠㅇㅠ!! – 미지

–_–;;;;;;;;;;;; – 수민

마구마구 울고 자빠지는 녀석. –_–;;

아주 통곡을 해라…… 통곡을…….

그런데…… 왜 이런 모습마저 귀여워 보이냐……. 제기랄. –_–;;

수민이가 여자를 울렸어. 수군수군. –_–;; – 아이들

우아아아앙!! ㅠㅇㅠ!! – 미지

–_–;;;; – 수민

미지야 울지 마……. –_–;; – 수현

수현이가 손수건을 건네자…….

눈물을 뚜욱~ –_–;; 그치고…… 나와 수현이를 번갈아 보더니…….

눈물을 자기 교복 소매로 쓰윽쓰윽 닦고 빨개진 눈을 다시 부비부비거

리며…… 나에게 소리쳤다.

나쁜 놈!! 나도 바람피울 거야!! >ㅁ<!! – 미지

뭐……? –_–;;;;;;;;;;;;

#2

－＿－…… － 수민

저……. 미지 신경 쓰이니? － 수현

아니 아니야. －＿－;; － 수민

머리 속에서 계속 울린다…….

나도 바람피울 거야……. 나도 바람피울 거야야야야야~. －＿－;;;

쳇…… 못생기고 쬐끔한 게 무슨…….

그래도…… 꽤 귀엽게 생겼는데…….

저기…… 수민아. － 수현

어? － 수민

저 할 얘기가 있는데……. 내가 오늘…… 너한테 이런 시간 내달라고

한 건 말야……. － 수현

난 수현이를 힐끔 쳐다보았다.

얼굴이 빨개지고 나에게…….

도와주라……. － 수현

뭘? －＿－? － 수민

우물쭈물대더니…….

나…… 나 복성이 좋아해……. – 수현

–_–?…… ○○○!! 보…… 복성이!?! – 수민

저기 수민아. –_–; 여기 도서관이거든? –_–;;;; –수현

–_–;; – 수민

도서관에 있는 사람들의 째림을 무시하고…… 빤히 수현이를 쳐다보았
다…….

복성이를 좋아한다고? –_–;;

왜!? –_–;; 복성이를…… 왜 좋아해? –_– – 수민

귀…… 귀엽잖아……. >_<…… – 수현

하. –_–;;;; – 수민

수현이는 조금씩 말을 이어나갔다.

나 도와주라. 응? 나중에 연결되면 크게 한턱 쏠게!! – 수현

진짜냐? –_– – 수민

그럼~. >_<!! 도와주기만 해!! – 수현

정말로 기분 좋은 듯 흥얼흥얼대며 도서관을 나서는 수현이.

난 오히려 기분이 착잡하다…….

미지녀석……. 도대체 뭘 하고 있을까……. 정말 바람을 피우는 걸

까……? ‒_‒…….

설마……. 나보다 멋진 녀석이 있을……. ‒_‒;;;;;;;;;

쿨럭~. ‒_‒;; 있을 수도 있겠지. ‒_‒;;;; (자기비하 ‒_‒)

어!? 수민아!! 〉_〈!! ‒ 수영

누나…… 여기 웬일이야? ㅇ_ㅇ ‒ 수민

도서관을 나오자마자 안소민과 같이 쇼핑을 나왔는지 환한 웃음을 지
으며 달려오는 누나…….

소민녀석…… 뭐가 그리 짜증나는지 누나를 쳐다보는 남자들을 하나씩
야리고 있다. ‒_‒.

어? 누구야? 수민이 여자친구? ^‒^ ‒ 수영

아니에요!! +ㅁ+;;; ‒ 수현

‒_‒…… ‒ 수민

너무 심하게 부정하니 왠지 씁쓸하구먼. ‒_‒…….

그래? ^‒^ 아이스크림 먹을래? 〉_〈!! 오늘 아이스크림 잔뜩 사가지고
왔거든~. 〉_〈!! ‒ 수영

누나는 내 손엔 초코바를 ‒_‒ 수현이에겐 바닐라맛 아이스크림을 쥐
어주었다. ‒_‒…….

수현이는 아이스크림을 들고 어색하게 인사하며 먼저 간다고 했고……. –_–

어? 왜 벌써 가지? –_–? – 수영

누나. –_– 소아는 어디다가 버리고 왔어? –_–; – 수민

뭐 어때~ 〉_〈!! 고년 2살밖에 안됐는데 뭐~. 〉_〈!! 지희한테 보냈어~. 〉_〈!! – 수영

–_–;;;; – 수민

누난 할짝할짝 초코바를 먹으며 씽긋 웃었다.

소민오빠! 뭐해!! 안 오고!! – 수영

–_–^ – 소민

눈썹을 꿈틀거리며 엄청난 살기를 띠고 –_–; 안소민 녀석은 날 째려봤다. –_–;;

왜 저래? –_–;;;;;;;;

누나. –_–. 안소민 왜 저래? –_– – 수민

어? –_– 몰라. 어제부터 삐져서 말도 안 해.

어제 너 닮은 사람이 TV에 나와서 와~ 우리 수민이 나왔네~ 하고 잘생겼다~ 하니까 저래. –_– – 수영

ㅡ_ㅡ…… ㅡ 수민

안소민.ㅡ_ㅡ. 혹시 그 TV에 나온 사람을 나로 착각하는 거냐? ㅡ_ㅡ;;;

질투심은…… 남자새끼가. ㅡ_ㅡ……

오빠. 아이스크림 먹을래? 응? ﹥_﹤!! ㅡ 수영

ㅡ_ㅡ……. ㅡ 소민

먹고 싶다구? 알았어~. 알았어~. ﹥_﹤!! ㅡ 수영

누난 혼자 생쇼하며 놀다가 초코바를 소민녀석 입에 푸욱~ ㅡ_ㅡ 집어

넣었다. ㅡ_ㅡ;

황당한 것은 안소민은 주는 대로 잘 먹더라 이 말이다. ㅡ_ㅡ;;

아 참! ㅡ_ㅡ! 니 친구 복성이랑 딥따 귀여운 여자애랑 데이트하는 거 같

던데? ㅡ_ㅡ…… ㅡ 수영

복성이? ㅡ_ㅡ…… ㅡ 수민

어.ㅡ_ㅡ 한번 가봐. 시내 밀리오레 앞이야. ㅡ_ㅡ ㅡ 수영

야! 유수영. ㅡ_ㅡ^ 이거 속에 딸기잼 들었잖아. 나 딸기잼 싫어하는 거

알면서 준 거지!! ㅡO ㅡ!! 어!? ㅡ 소민

아니야!! +ㅁ+;; 내 건 딸기잼 안 들어 있단 말야!! ㅡ 수영

구라 깐다 또. ㅡ_ㅡ^ ㅡ 소민

지…… 진짠데……. ㅠ_ㅠ. - 수영

왜 누나한테 지랄이야!! -0-!!

지 입에 초코바 물려준 것만 해도 감지덕지 좋다쿠나~ 하고 먹을 것이
지!! -0-!! - 수민

-_-^ - 소민

소민녀석은 지가 먹던 아이스크림을 버리곤 누나 아이스크림을 빼앗아
한입 베어 먹더니……. -_-

이건 맛있네……. -_-……. - 소민

줘~. ㅠ0ㅠ!! - 수영

다른 거 먹어. -_- 아~ 정말 맛있다. -_-…… - 소민

씨잉……. ㅜ_ㅜ…… - 수영

소민녀석…… -_-…… 이렇게 수작 부리려고 그랬던 거구나. -_-……

왜 우리 누난 저런 유치한 수작에 잘도 속아 넘어가는 거지? -_-;;;

…….

…….

누나. -_- 나 갈게. - 수민

응? 알았어~. ^-^ - 수영

누나를 뒤로하고 밀리오레 앞으로 마구 달렸다. -_-

복성군과 같이 다니는 여자애라……. 얼마나 엽기적인 아이길래…….

—,.—…….

밀리오레에 가자 따악~ 보이는 건……. 복성군과…… -_-…… 미지……. =ㅁ=;;;;;

설마…… 바람피운다는 애가 복성군이었니? -0-;;

하필이면 왜 이 자식이니……? -0-;;;;;;;

근데……. 미지 머리 양쪽으로 묶어서 절라 귀엽다……. =ㅁ=;;;

아씨!! 나만 놔두고 가면 어떻게 해!! 〉ㅁ〈!! - 미지

기다리라니깐. -0-!! 니가 나 집에 갈려는데 마구마구 여기로 끌고 왔잖아!! -0-!! 난 피해자야!! -0-!! - 복성

쳇. -_-^ 남자가 쪼잔하긴……. 꿍얼꿍얼. -_- - 미지

너 뭐라 그랬니……? - 복성

아…… 아니야. =ㅁ=;; 빠…… 빨리 갔다 와. -0-;; - 미지

복성이 저 자식 미지를 놔두고 어디를 가는 거지……?

미쳤나……? -_-^

치마 입어서 지금…… 꽤 추울 텐데…….

난 슬금슬금 미지 앞에 갔다…….

야…… 안 춥냐……? – 수민

순간 위를 쳐다보고 눈물이 고이는 듯하더니 잔뜩 화가 난 눈빛으로 바

뀌곤…….

왜 왔어? – 미지

오긴 뭘 와. -_-……. 집에 가던 길에 그냥. -_ㅡ…… – 수민

그럼 계속 집에 가. -_-^ – 미지

난 미지를 내려다보았다…….

진짜 가……? – 수민

가지 그럼 나냐!? -_+ – 미지

그럼 너야말로 그걸 유머라고 한 거니……? -_-…….

야. -_- 너 볼따구 빨개. -_-. 언 거 같아. -_-. – 수민

나는 손으로 미지 볼을 쥐어 감쌌다…….

어휴~ 볼이 얼음 같아. -_-;;

미지는 그런 나를 빤히 쳐다보다가 손으로 내 손을 쥐어 감싸며…….

따뜻하다……. – 미지

그럼 손이 따뜻하지 뜨겁냐? -_- – 수민

아무튼…… 분위기를 몰라요……. - 미지

내가 멀뚱멀뚱 서 있자……. -_- 미지는 썰렁한 가운데서 잠시 식은땀을 흘리며……. -_-;;

너 손에 너무 힘이 들어갔어~. -_-;;; 나 볼따구 밀지마~. -_-;;; - 미지

-_-;;; - 수민

난 미지 볼에서 손을 떼곤 어색해서 씨익~ 웃었다. -_-;;

미지는 그런 날 한번 쓰윽 쳐다보더니…….

수현이 만날 때도 그렇게 웃었어? - 미지

무슨 대답을 해줄까? -_- - 수민

미지는 내 말에 잔뜩 날 야려보곤 -_-; 골이 났는지 툴툴거렸다.

내가 미쳤지. -_-^

머나먼 일본에서 이런 사람보고 반해버려서 이렇게까지 되어버리다니. -_-^ - 미지

참 나. 누군……. -_-. - 수민

잠시 어색하게 시간이 흘렀다. -_-;;

미지는 우물쭈물대며…….

수현이가…… 뭐라 그랬어? 데이트할 때? - 미지

난 입가에 미소가 떠오르는 걸 감추며 말했다.

좋아한대. – 수민

누…… 누굴……? – 미지

난 날 쳐다보는 미지를 쳐다보고 씨익 웃으며…….

복성이……. –_–…… – 수민

O_O!? – 미지

미지는 한참을 멍하게 있다가 푸하하핫~ 웃곤…….

아~ 이제 안 춥다!! 〉_〈!! – 미지

참 나. –_– 너 귀 얼었다는 것만 알아둬. –_– – 수민

아니야~. 정말 안 추워~. 정말이라니깐!! 〉_〈!! – 미지

기쁜 듯이 마구마구 소리를 지르는 미지를 빤히 쳐다보며 나도 씨익 웃
었다…….

야. – 수민

응? O_O – 미지

심장이 쿵쾅쿵쾅거렸다…….

검은색 눈이 나와 마주쳤다……. 난 조금씩 입을 떼며…….

나…… 말야……. – 수민

어머~. 〉_〈!! 수민아!! 〉ㅁ〈!! – 수영

누나……. ㅠ_ㅠ…….

까아! 너 너무 귀엽게 생겼다~. 〉_〈!! 너 복성이랑 다니던 애 맞지?

응?! 〉ㅁ〈!! – 수영

네네. =ㅁ=;; – 미지

야. 유수영. –_– 오버하지 마. –_–. – 소민

미지는 안소민을 빤히 쳐다보더니…….

잘생겼다……. – 미지

–_–? – 소민

–_–^ – 수민

뭐…… 라……? –_–^

저 자식이 잘생기긴 뭐가 잘생겨!! 희여멀건해가지고 키만 절라 큰 새

끼가!! +ㅁ+!!

야, 유수영. 들었냐?

이 꼬마애가 나 잘생겼다네~? –_–^ – 소민

그래서? ㅇ_ㅇ. – 수영

됐어. –_–^ – 소민

소민녀석은 미지를 한번 힐끔 보더니 한마디 했다. -_-.

발육부진 꼬맹이군……. -_-…… - 소민

ㅇ_ㅇ……? - 미지

야!! 발육부진 꼬맹이가 뭐야!! - 수민

바…… 발육부진이란 건…… 가…… 가슴이 작다는 거잖아!! *-_-*;;;

(허거! -_-;)

맞잖아. -_-……

처남. 여자친구라도 되는 거야? 왜 그렇게 흥분해. -_-. 쟤가 무슨 처
남 여자친구야? -_- - 소민

너 저리 안 가!? -_-+ - 수민

파지지직……. -_-.

안소민 녀석과 나의 사이에서 강한 스파크가 흘렀다. -_-;;

누난 미지한테 아이스크림을 주며…….

괜찮아. ^-^ 자주 저래. 저것도 애정표현이야. —.—

너 초코바 먹을래? 딸기? 바닐라? - 수영

따…… 딸기요. =ㅁ=;; - 미지

미지는 어느새 딸기맛 아이스크림을 먹고 있었다. -_-.

누난 아이스크림을 다 먹었는지…….

오빠, 가자. -_- 시내 한복판에서 뭐해. =ㅁ= - 수영

야!! 이 사건의 모든 주범은 너야!! -_-+ 넌 질투라는 것도 없냐!? 엉!? 내가 여자들한테 실실거리며 웃는 거 보고도 기분 안 나쁘냐고!? 엉!? -0-!! - 소민

누난 마구마구 화를 내는 소민녀석 팔에 팔짱을 끼더니 -_- 씽긋 웃으며…….

오빠. 내가 집에 가서 맛있는 거 해줄까? 응? - 수영

그…… 그런 거 해도 안 통해!! -_-^ - 소민

칫. -_- 정말 안 통하네. -_-. - 수영

누나. -_-. 왜 이렇게 망가지셨나요? =ㅁ=;;;

누난 소민녀석을 마구마구 끌며…….

수민아. 내가 내일 잡채해가지고 갈게. ^-^* - 수영

야! 끌지 마!! 나도 발 있어! -_-^ - 소민

이렇게 시끌벅적한 두 사람이 사라지고 -_-. 웃긴다는 듯 쿡쿡거리는 미지를 쳐다봤다. -_-

재밌지? -_- 누나랑 저 녀석이 원래 저래. -_- - 수민

니가 누나랑 많이 닮았구나? ^_^ – 미지

야. 근데……. 아까 그 자식 보고…… 잘생겼다……? 뭐냐? 그 말은? –_– –수민

어?! –_–;; 그…… 그냥 잘생겼다…… 구. 뭐. =ㅁ=;; – 미지

아하. –_–^ – 수민

미…… 미안……. –_–;;;; – 미지

이건 완전히 –_–. 커플 중 한 명이 바람 폈을 때 하는 행동과 완전히 똑같네. –_–…….

난 왠지 기분 좋아서 미지를 쳐다보곤…….

다음부터 그러지 마. – 수민

응~ 응~ 안 그럴게~. 〉_〈!! 수민이가 제일 잘생겼어!! – 미지

화악~ 화악~. *–_–*

얼굴이 빨개졌다……. –_–;;

미지는 즐거운 듯 웃으며…….

까아~ 수민이 볼따구 빨개졌다~ 빨개졌다~. 〉_〈!! – 미지

–_–*…… – 수민

아직은 어리지만…….

굉장히 서툴지만…….

어떻게 보면…… 우리의 사랑은 삼류 드라마 같지만…….

사랑이라고 말할 수 있는 그 자체가…….

나에겐 너무나 소중해…….

〈키스중독증 · 끝〉

키스중독증 3

초판 1쇄 찍은 날 | 2003년 7월 10일
초판 1쇄 펴낸 날 | 2003년 7월 15일

지은이 | 유정아(은반지)
펴낸이 | 임동선
펴낸곳 | 늘푸른소나무

등록일자 | 1997년 11월 3일
등록번호 | 제1-3112호
주소 | 서울시 종로구 부암동 208-42 부암빌딩(110-817)
전화 | 02-3940-945~6
팩스 | 02-3940-944
E-mail | esonamoo@naver.com

ⓒ유정아 2003, Printed in Seoul, Korea

ISBN 89-88640-25-×
ISBN 89-88640-22-5(세트)